안셀름 그륀 신부의

어린 왕자

안셀름 그륀 신부의
어린 왕자

2019년 5월 5일 1판 1쇄 발행
2023년 9월 15일 2판 1쇄 발행

지은이 | 안셀름 그륀
옮긴이 | 이선
펴낸이 | 양승윤

펴낸곳 | (주)와이엘씨
서울특별시 강남구 강남대로 354 혜천빌딩 15층
Tel.555-3200 Fax.552-0436
출판등록 1987.12.8. 제1987-000005호

http://www.ylc21.co.kr

값 15,000원

ISBN 978-89-8401-259-2 03850

• 영림카디널은 (주)와이엘씨의 출판 브랜드입니다.
• 소중한 기획 및 원고를 이메일 주소(editor@ylc21.co.kr)로 보내주시면, 출간 검토 후 정성을 다해 만들겠습니다.

안셀름 그륀 신부의

어린 왕자

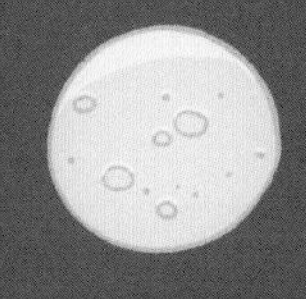

영림카디널

한국어판 출간에 부쳐

이제 고전이 된 명작《어린 왕자》를 제 나름대로 재구성한 책이 한국어로 번역되었다니 매우 기쁩니다.

생텍쥐페리가 남긴 아름다운 글들과 이 글들에 덧붙인 저의 해석이 한국 독자 여러분에게 공감의 여운을 남기며 영혼에 깃들어 어린 왕자와의 만남을 더욱 뜻깊게 했으면 좋겠습니다.

우리 누구에게나 내면에는 어린 왕자를 품고 있습니다. 그 어린 왕자를 일깨운다면 사랑과 행복, 기쁨과 만족, 그리고 겸손의 미덕으로 세상만사에 감사하는 마음을 펼쳐가며 한결 충만한 삶을 꾸려나갈 수 있으리라 믿습니다.

어린 왕자가 전하는 부드러우면서 강렬한 그의 사랑을 음미하다 보면 아내와 남편, 친인척들, 연인들, 그리고 이웃들과의 관계를 새삼 되돌아보며 서로를 아끼고 배려하는 시간을 가질 수 있을 겁니다.

여러분, 머나먼 별에서 달려와 지구인들에게 신선한 삶의 지혜를 선사하는 어린 왕자의 마법 속으로 흠뻑 빠져들지 않겠습니까?

안셀름 그륀 신부

서문

프랑스의 작가이자 비행사인 앙투안 드 생텍쥐페리(Antoine de Saint-Exupéry)의 《어린 왕자》만큼 아이들뿐 아니라 어른들에게까지 즐겨 읽히는 책은 없습니다.

우리는 대화를 나누다가 "마음으로 보아야만 잘 보는 거란다"라는 말을 자주 듣곤 합니다. '마음으로 본다'는 표현은 이 책이 나왔던 그때나 지금이나 우리를 매혹합니다. 그러나 우리는 마음으로 보는 경우가 거의 없을 뿐 아니라 모든 것을 평가하고 계산하는 시선으로 바라봅니다.

우리는 집과 탁자, 옷장을 쳐다보면서 곧장 이렇게 묻습니다. "이것은 얼마지? 이게 나에게 무슨 이익이 있지? 이것으로 내가 무엇을 할 수 있지? 이것은 무슨 쓸모가 있지?" 이러한 시선들은 세상을 차갑게 합니다. 우리가 모든 것을 자신의 필요에 의해서만 묻게 된다면 우리의 마음은 얼음처럼 차가워지게 됩니다.

이런 우리에게 어린 왕자가 세상을 바라보는 방식은 참으로 신선합니다. 어린 왕자는 모든 것을 아이의 눈으로 보며 물음을 던지고, 무엇보다도 사물을 마음으로 바라보게 합니다.

오늘날 우리 인간들은 이성에 매달려 살며 자신의 강인함을 드러내 보여야 합니다. 우리는 서로에게 어떤 나약함도 허용하지 않습니다. 그렇게 하지 않으면 일자리를 걱정해야 하는 것은 물론, 함께 살아가는 사람들까지도 경계하면서 조심스레 대해야 합니다. 이렇게 살아가는 우리에게 어린 왕자는 다른 세상으로 눈을 뜨게 합니다.

다른 세상이란 아이들의 세상입니다. 우리 모두는 자신의 내면에 아이를 지니고 있습니다. 예수님께서는 "너희가 회개하여 어린이처럼 되지 않으면, 결코 하늘나라에 들어가지 못한다"(마태오 18장 3절)라고 말씀하셨습니다. 예수님께서는 아이처럼 어리고 유치하게 굴라고 하신 게 아닙니다. 아이들의 눈으로 세상을 보라고 우리에게 권하신 것입니다. 그런 뒤라야 우리는 예수님께서 '하늘나라'로 부르시는 그곳에 도달할 수 있습니다. 더 나아가 우리는 하늘나라를 우리가 사는 땅, 우리가 사는 주변에서도 찾을 수 있게 됩니다. 우리 모두가 한꺼번에 찬란한 빛을 뿜으며 진솔하게 이야기를 나누는 그런 하늘나라 말입니다.

아이들은 현명한 철학자입니다. 아이들은 자주 우리 어른들이 대답할 수 없는 질문을 던지기 때문입니다. 아이들의 질문은 우리 어른들에게 마음 깊이 경청하게 합니다. 독일어 단어 '프라게(Frage, 물음)'는 '푸르헤(Furche, 고랑)'와 같은 어원에서 나온 말입니다. 아이들은 우리 마음의 밭에 고랑을 팝니다. 우리는 아이들을 통해 영혼 깊이 파고 들어가고, 그 영혼의 밭에다 진실을 캐내는 고랑을 갖추게 됩니다.

어린 왕자의 말을 듣다 보면 겉으로 드러나는 나와 내 자아가 저절로 가까워집니다. 어린 왕자의 말 한마디 한마디는 더욱 인간적이고 주체적으로 살아갈 수 있는 지혜를 우리에게 전합니다.

《어린 왕자》를 읽는 사람이라면 누구나 다른 세상을 동경하게 됩니다. 다른 세상이란 오로지 능력만으로 자신을 평가받는 세상이 아니라, 우정과 사랑을 중요하게 여기고 일상의 삶을 진실로 가치 있게 이끌면서 스스로를 보살피는 세상입니다. 이 책을 읽고 있으면 우리는 어느새 하늘의 영광을 여는 다른 세상 속에 잠기게 됩니다. 우리가 우리 자신을 다른 방식으로 체험하게 되는 것입니다.

이 책은 우리에게 도덕적으로 살라고 하지 않습니다. 무엇을 해야 하는지가 아니라 우리가 어떤 존재인지를 알려주고자 합니다. 존재로부터 당위가 나온다는 철칙에 충실하고 있는 셈입니다.

우리가 어떤 존재인지, 우리를 인간답게 하는 것이 무엇인지를 알게 된다면 누구나 올바르게 행동하게 될 것입니다. 그렇게 된다면 우리는 다른 사람들을 진심으로 바라보며 함께 나누는 우정을 숭고한 덕으로서 존중하게 될 게 분명합니다. 또 우리가 믿고 사랑하는 사람들에게 책임감을 느끼며, 그런 가운데 우리와 우리 주변에서 피어나는 인간의 아름다움을 제대로 만끽하게 될 것입니다.

나는 독자 여러분이 어린 왕자의 이야기를 읽으면서 자기 내면의 아이와 교감하기를 바랍니다. 그리고 여러분이 이 이야기를 아이들, 그리고 가족과 함께 읽는다면 '어린 사람들'이 어린 왕자의 물음과 걱정거리에 쉽게 빠져들고 공감함을 알게 되고는 놀랄 것입니다. 여러분이 어릴 적은 물론 지금 이 순간까지 말입니다! 어린아이들은 우리 '큰 사람들'보다 자신 내면의 아이와 훨씬 더 친밀한 관계를 이루고 있어서 그렇습니다.

각 장마다 서술한 내 생각들은 여러분에게 이 책을 읽는 방법을 제시하고자 한 게 아닙니다. 여러분이 영혼의 충만함을 인식하며 스스로 깨우치게 도우려 한 것일 뿐입니다. 여러분의 영혼은 이미 충만해 있습니다. 그러나 때때로 우리가 영혼과 교감하려면 말이 필요합니다. 내 생각들이 교감의 도구로 충분할지 모르겠지만 삶의 지혜를 일깨우는 데 도움이 되었으면

합니다. 여러분 자신을 성찰로 이끌 수 있는 영혼에서 지혜를 터득한다면 삶이 한결 풍요롭고 행복해지리라 믿습니다.

당신의
안셀름 그륀 신부

사막에서 양이 왜 소중한 거니?

6년 전, 사하라 사막에서 내 비행기가 고장 났다. 비행기 엔진의 어디인가가 부서져버린 것이다. 수리공도 승객도 없던 터라, 나는 어려운 수리를 혼자 해내야 했다. 이것은 나에게 죽느냐 사느냐의 문제였다: 겨우 여드레 정도 마실 물밖에 남아 있지 않았으니까.

첫날 밤, 나는 사람들이 사는 곳에서 수천 킬로미터 떨어진 모래 위에서 잠이 들었다. 큰 바다에 떠 있는 뗏목에 매달려 표류하는 사람처럼 나는 아주 외로웠다. 그래서 해가 뜰 무렵 야릇한 작은 목소리가 나를 깨웠을 때, 내가 얼마나 놀랐는지 여러분은 상상도 할 수 없을 것이다.

그는 말했다. "제발 … 나에게 양 한 마리를 그려줘!"

"뭐라고?"

"나에게 양 한 마리를 그려줘."

나는 벼락이라도 맞은 듯 기겁해서 벌떡 일어섰다. 나는 눈을 비비며 주위를 살펴보았다. 그리고 나를 뚫어지게 바라보고 있는 아주 이상한 꼬마를 발견했다. 여러분은 지금 여기에서 내가 나중에 그를 그린 그림 중에 가장 잘 그린 것을 보고 있다. 물론 그림은 실제 그 꼬마의 모습만 못하다. 이는 내 탓이 아니다. 7살 때 어른들이 화가로서 성공하기 어렵다며 내 꿈을 좌절시켰고, 그래서 나는 속이 보이기도 하고 보이지 않기도 한 보아뱀 말고는 더 이상 그림을 그리지 않았으니까 말이다.

어쨌든 나는 놀라서 눈을 동그랗게 뜨고 갑자기 나타난 아이를 바라보았다. 내가 사람들이 사는 마을에서 수천 킬로미터 떨어진 곳에 있었다는 사실을 잊지 마시라. 그러나 내 작은 꼬마는 길을 잃은 것 같지도 않았고, 배고프고 목이 말라 기진맥진하거나 두려움에 겁먹은 것 같지도 않았다. 적어도 사람들이 사는 곳에서 수천 킬로미터 떨어진 사막 한가운데서 길을 잃고 헤매는 아이로는 보이지 않았다.

나는 가까스로 정신을 차리고 말을 걸었다.

"그런데 … 넌 여기에서 뭐 하고 있는 거니?"

그러자 그 아이는 아주 심각한 일이라도 되는 양 작은 목소리로 되풀이해서 소곤거렸다.

"제발 … 나에게 양 한 마리를 그려줘!"

누구나 얼떨결에 신기하고 묘한 일을 당하다 보면 거기에 순순히 따르게 된다. 사람들이 사는 마을에서 수천 킬로미터나 떨어져 죽음을 눈앞에 두고 있는 처지로서는 어이없는 짓 같았지만, 나는 가방에서 종이 한 장과 만년필을 꺼냈다. 그러자 내가 배운 것이라고는 지리나 역사, 수학, 문법뿐이었음이 돌연 떠올랐다. 나는 시무룩해져서 꼬마에게 그림을 그릴 수 없다고 말했다. 그는 말을 받았다.

"괜찮아. 나에게 양 한 마리를 그려줘."

나는 양을 그린 적이 없던 터라 내가 그릴 수 있는 그림들 중 하나를 그려주었다. 속이 보이지 않는 보아뱀이었다. 그런데 작은 꼬마가 이렇게 말하며 손사래를 쳤다.

"아니야! 아니야! 나는 보아뱀 속의 코끼리 그림을 원하는 것이 아니야. 보아뱀은 너무 위험하고 코끼리는 덩치가 너무 크단 말이야. 내가 사는 곳은 모든 것이 아주 작아. 나는 양 한 마리가 필요해. 나에게 양 한 마리를 그려줘."

그래서 나는 양을 그렸다. 그는 내 그림을 자세히 보더니 말했다.

"아니야! 이 양은 이미 병들었어. 나에게 다른 양을 그려줘."

나는 또 그렸다. 내 작은 친구는 상냥하게 웃더니 너그럽게 말했다.

"아저씨가 그린 그림을 좀 봐. 이것은 양이 아니라 산양이야. 뿔이 있잖아."

나는 또 다시 그렸다. 그러나 그는 이 그림도 마찬가지로 거절했다.

"이 양은 너무 늙었어. 나는 오래 살 수 있는 양 한 마리를 원해."

나는 비행기 엔진을 서둘러 고쳐야 했기 때문에 마음이 급했다. 그래서 나는 다음처럼 그림을 끼적거려놓고는 한마디를 건넸다.

"이것은 양의 상자야. 네가 원하는 양은 이 상자 속에 있어."

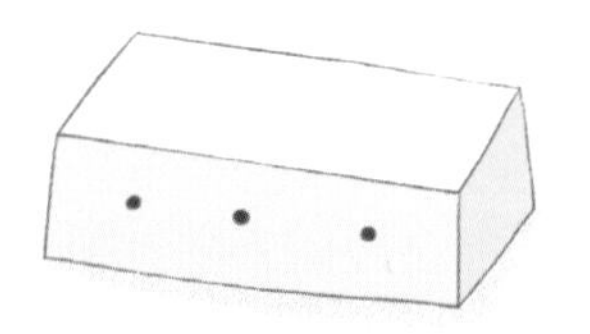

아주 놀랍게도, 내 어린 미술 비평가의 얼굴이 환해졌다. 그리고 그는 이렇게 말했다. "이것이 바로 내가 원했던 거야. 아저씨는 이 양이 풀을 많이 먹을 거라고 생각해?"

"왜?"

"내가 사는 곳이 아주 작기 때문에…."

"충분할 거야. 난 네게 아주 작은 양을 그려줬거든."

이렇게 해서 나는 어린 왕자와 친해지게 되었다.

앙투안 드 생텍쥐페리가 어린 왕자와 만난 것은 그가 삶과 죽음의 교차로에 놓여 있던 순간이었습니다. 비행사와 어린 왕자의 이야기는 이렇게 시작합니다. 비행사는 고장 난 비행기를 수리하느라 한눈팔 겨를이 전혀 없습니다. 그러나 어린 왕자는 숱한 시간의 흐름을 타고 자신의 작은 별로부터 많은 다른 별들을 거쳐 이 고독한 비행사가 있는 사막으로 오게 된 경위를 설명합니다.

비행사는 어린 왕자에게 매혹당합니다. 어린 왕자는 그를 인간적인 삶의 신비로, 그리고 신뢰와 사랑의 신비로 인도합니다. 어린 왕자는 산전수전을 다 겪은 비행사의 스승 노릇을 합니다. 비행사 또한 어린 왕자가 전하는 새로운 시선을 받아들일 마음의 준비를 합니다.

어린 왕자는 생텍쥐페리의 어린 시절을 떠올리게 합니다. 그도 어렸을 때는 어린 왕자와 똑같이 순진하고 영리하게 어른들을 관찰했습니다. 그렇지만 그는 어른들을 이해할 수 없었습니다. 그래서 어른들에게 자신을 맞추어 적응하며 살게 됩니다. 어린 왕자는 생텍쥐페리를 그의 내면에 도사리고 있는 어린 시절 그와 다시 교감하게 합니다. 어린 왕자는 우리가 어렸을 때 받았던 여러 상처들, 즉 어린아이로서 도저히 이해할 수 없었거나 받아들일 수 없었으며 우리 자신을 우습게 만들거나 무시하게 했던 것들을 생생하게 떠오르게 합니다.

어린 왕자는 여러분 자신 안에 있는 신을 닮은 아이와 교감하게도 합니다. 신을 닮은 아이는 여러분에게 선하고 좋은 것이 무엇인지를 분명하게 알고 있습니다. 칼 구스타프 융에 따르면, 신을 닮은 아이는 '구원하는 자'입니다. 신을 닮은 아이는 우리를 우리의 참된 본질과 교감하게 하며 우리를 구원하고 온전하게 합니다. 어린 왕자의 지혜는 우리 안에 있는 '신을 닮은 아이'를 다시 깨어나게 합니다. 우리는 어른의 지식보다 신을 닮은 아이를 더 믿습니다.

어린 왕자는 어른들이 인간과 인간 삶의 본질을 이해하지 못한다고 확신합니다. 어린 왕자는 우리에게 다음과 같은 질문을 던집니다. 너에게 본질은 무엇인가? 너는 무엇을 위해 사는가? 너는 무엇을 위해 가고 있는가?

내 장미가 세상에서 단 하나뿐인 꽃이었다니

닷새째 되는 날, 이번에도 양 덕분에 나는 어린 왕자의 삶에 관한 비밀을 또 하나 알게 되었다. 어린 왕자는 마치 오랫동안 곰곰이 생각하다 털어놓는 결론이라도 되는 듯 불쑥 물었다.

"양이 덤불을 먹는다면 꽃도 먹는 거야?"

"양은 주둥이 앞에 있는 것이라면 뭐든지 먹어치운단다."

"꽃에게 가시가 있는데도?"

"그럼, 가시가 있는 꽃도."

"그렇다면 가시는 왜 있는 거야?"

나는 딱히 대답을 할 수 없었다. 나는 빡빡하게 조여진 비행기 엔진의 나사를 푸는 데 온통 정신이 쏠려 있었다. 비행기의 고장이 아주 심각한 것 같았고, 게다가 마실 물도 바닥을 보이기 시작해 이대로 최악의 상황에 빠지지 않을까 두려워하고 있었다.

"가시가 왜 있는 거냐고?"

어린 왕자는 한 번 질문을 던지면 결코 포기하는 법이 없었다. 나는 나사를 푸느라 신경을 곤두세우고 있어서 아무렇게나 대답해버렸다.

"가시는 아무짝에도 쓸모없어. 가시는 꽃의 심술일 뿐이야."

"아하!"

그러나 어린 왕자는 잠깐 입을 닫더니 화가 나서 나에게 이렇게 쏘아붙였다.

"나는 그렇게 생각하지 않아. 꽃들은 약해. 꽃들은 순진해. 꽃들은 자기가 할 수 있는 만큼 자신을 지키는 거야. 가시 때문에 꽃들은 자신이 만만치 않다고 여기는 거야."

나는 대답하지 않았다. 그 순간 나는 혼잣말로 이렇게 중얼거렸다. "이 나사가 계속 안 풀리면 망치로 두들겨야겠다."

어린 왕자는 다시금 내 생각을 끊어놓았다.

"그리고 아저씨는 이 꽃들이…."

"아니야! 아니야! 나는 그렇게 생각하지 않아. 나는 아무 말이나 지껄인 거야. 나는 지금 아주 중요한 일을 하고 있단 말이야."

어린 왕자는 깜짝 놀라며 나를 쳐다보았다.

"중요한 일이라니!"

어린 왕자가 나를 바라보는 순간, 나는 기름이 새까맣게 묻은 손에 망치를 들고 그가 아주 흉측하게 여길 만한 물건에 몸을 기울이고 있었다.

"아저씨도 어른들처럼 말하는구나!"

나는 이 말에 낯이 조금 뜨거워졌다. 어린 왕자는 쌀쌀맞게 말을 이어나갔다.

"아저씨는 모든 것을 뒤죽박죽으로 만들고 있어. 모든 것을 혼동하고 있다고."

어린 왕자는 정말로 아주 화가 나 있었다. 그의 금빛 머리카락은 바람에 흩날렸다.

“내가 아는 어느 별에는 시뻘건 얼굴의 신사가 한 명 살고 있어. 그는 꽃향기를 맡아본 적이 단 한 번도 없어. 별을 바라본 적도 없고, 누군가를 사랑해본 적도 없지. 그 사람은 셈을 하는 일 외에 그 어떤 일도 해본 적이 없어. 그러면서 하루 종일 아저씨처럼 ‘나는 아주 중요한 사람이야, 나는 아주 중요한 사람이야!’라는 말만 되풀이하며 스스로 자만심에 가득 차 있지. 하지만 그건 사람이 아니라 버섯이었어.”

“뭐라고?”

“버섯이라고!”

그 사이에 어린 왕자의 얼굴은 화가 나서 하얗게 질려 있었다.

“수백만 년 전부터 꽃들은 가시를 만들었어. 그런데도 수백만 년 전부터 양은 꽃들을 먹었고. 꽃들이 왜 이렇게 아무짝에도 쓸모없는 가시를 만들어내느라 그렇게 애를 썼는지 알려고 하는 게 중요하지 않단 말이야? 양과 꽃들의 전쟁이 중요하지 않단 말이야? 이것이 빨간 얼굴의 신사가 셈하는 것보다 더 중요하지 않단 말이야? 내 별에는 이 세상 어느 곳에도 존재하지 않는 단 하나뿐인 꽃이 있어. 그리고 작은 양이 그 꽃을 어느 날 아침 무심결에 단번에 먹어치울 수 있는데, 이것이 어떻게 중요한 일이 아니란 말이야?"

어린 왕자는 얼굴이 불그레해지며 다음과 같이 말을 이어갔다.

"어떤 사람이 수만 개의 별들 중에 유일하게 존재하는 단 하나의 꽃을 사랑한다면 별을 바라보는 것만으로도 충분히 행복할 거야. 그는 스스로에게 이렇게 말을 하겠지. '저 곳 어딘가에 나의 꽃이 있다….' 그러나 양이 꽃을 먹어버린다면 그 사람에겐 모든 별들이 갑자기 사라지는 것이나 마찬가지야. 그런데 이것이 어떻게 중요하지 않단 말이야?"

어린 왕자는 더 이상 말을 잇지 못하고 갑자기 흐느껴 울었다. 어느새 밤이 다가왔다. 나는 연장을 내려놓았다. 망치도, 나사도, 배고픔과 목마름도 부질없게 여겨졌다. 하나의 별, 하나의 행성, 내 행성, 이 지구에는 내가 위로해줘야 할 어린 왕자가 있었던 것이다! 나는 그를 두 팔로 껴안고 이리저리 흔들면서 달랬다. 그러고는 이렇게 말했다.

"네가 사랑하는 꽃은 이제 위험하지 않아. … 내가 네 양에게 입마개를 그려줄게. … 내가 네 꽃에는 안전한 갑옷을 그려줄게. …내가…."

나는 뭐라고 더 말해야 할지 알 수 없었다. 나 자신이 모자라게만 느껴졌다. 어떻게 해야 그에게 다가가서 마음을 사로잡을 수 있을 것인가…. 눈물이 이렇게 신비로움을 자아낼 줄이야.

비행사는 비행기를 고쳐야 생명을 구할 수 있습니다. 그래서 그에게는 무엇보다 중요한 일입니다. 그러나 그것이 어린 왕자에게는 중요하지 않습니다. 어린 왕자는 자기가 너무나 사랑하는 단 하나의 장미꽃을 양으로부터 어떻게 보호할 수 있을까 하는 고뇌에 사로잡혀 있었습니다. 어린 왕자는 가시가 양으로부터 꽃을 구할 수 있을 것이라고 생각합니다. 그러나 생텍쥐페리는 자신에게 아주 소중한 비행기를 다시 작동시키는 데 골몰한 나머지 경솔하게도 가시는 아무런 쓸모가 없다고 대답합니다. 어린 왕자는 화가 났습니다. 어린 왕자에게 중요한 오직 하나는 사랑하는 장미꽃이기 때문입니다. 그리고 이 장미가 양에게 먹혀버리지 않을까 전전긍긍합니다. 어린 왕자에게는 마치 세상의 모든 별들이 사라지는 것과 같기 때문입니다.

어린 왕자는 오늘날 우리의 삶에서 실제로 중요한 게 무엇인지를 깨닫게 합니다. 우리는 단지 셈을 하는 게 전부인 그런 '중요한 사람'이기를 원합니까? 아니면 누군가를 사랑하기에 그 사람을 잃어버릴까 봐 두려워하는 사람이기를 원합니까?

양이 먹어치울 수 있는 꽃은 세상의 온갖 위험을 견디지 못해 파괴될지 모를 '사랑'을 의미합니다. 그런데 이 사랑이 파괴당했다고 상상해봅시다. 어린 왕자와 같은 마음을 가진 존재라면 결코 참을 수 없을 겁니다.

어린 왕자는 가시가 어떤 의미를 지니는지를 놓고 고심합니다. 어떻게 해야 우리의 사랑을 지킬 수 있을까요? 우리가 지닌 무기들로 사랑을 지키며 이 세상을 헤쳐나가는 데 별로 효과적이지 않다는 사실은 확실합니다. 양이 꽃을 먹어치우듯이 우리의 사랑은 언제든지 사라질 수 있지 않습니까? 따라서 우리가 어떻게 사랑을 지켜야 하느냐는 아주 중요한 화두입니다. 기독교 전통에서 우리는 사랑하는 사람에게 은총이 흘러가면 그 사람을 외투처럼 감싸주리라고 믿습니다. 우리 자신의 사랑이 이어져 사랑하는 사람을 위한 공간이 만들어진다고 보는 것입니다. 이렇게 되면 사랑하는 사람은 꽃을 먹어치우는 양으로부터, 그리고 그를 해치는 사람들로부터 자신을 지킬 줄 알게 됩니다.

어린 왕자는 우리의 삶에서 중요한 것이 진정으로 무엇인지를 스스로에게 물을 것을 요구합니다. 내 마음은 어디에 있는지요? 나는 무엇을 위해 모든 것을 세상에 내어주고자 합니까? 어린 왕자의 삶에서 가장 중요한 것은 바로 사랑입니다. 그렇다면 나에게 사랑은 얼마나 중요합니까? 그 사랑은 또한

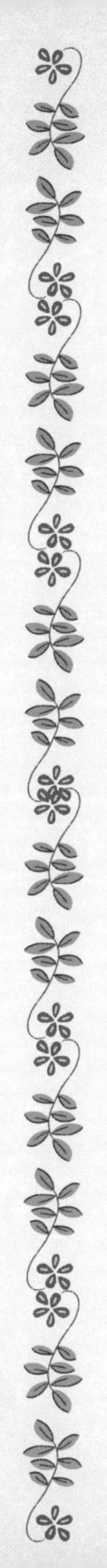

어떤 것입니까? 어떤 한 사람만을 위한 사랑입니까? 그게 아니라면 나의 모든 일상에 활력을 불어넣으며 자존감을 살려주는 힘이나 나 자신, 그리고 나를 둘러싼 모든 존재들을 마법으로 휘감고 싶은 감정 같은 그런 사랑들입니까?

너무 어렸던 거야!
그 꽃은 나를 사랑했는데…

나는 곧 어린 왕자의 꽃을 상세히 알게 되었다. 어린 왕자의 별에는 전부터 소박한 꽃들이 있었다. 한 겹의 꽃잎만 지닌 이 꽃들은 자리를 별로 차지하지도 않았으며 누군가에게 거치적대지도 않았다. 꽃들은 아침이면 풀 속에서 나타났다가 저녁이면 슬며시 사라져버렸다.

그런데 어느 날 어디에선가 씨앗이 날아와 싹을 틔웠다. 어린 왕자는 다른 싹들과 너무나 다르게 생겨 이 어린 싹을 아주 유심히 살펴보았다. 새로운 종류의 바오바브나무일 수도 있지 않을까!

그러나 어린 싹은 자라기를 갑자기 멈추고 꽃을 피우기 시작했다. 어린 왕자는 부풀어 오르는 꽃망울을 바라보면서 어떤 기적 같은 게 벌어지고 있음을 느꼈다. 그러나 꽃은 초록색의 방에 숨어 아름다운 자태를 꾸미느라 분주했다. 꽃은 정성들여 제 빛깔을 골랐고, 천천히 옷을 차려입으며 꽃잎 하나하나를 가다듬어나갔다. 꽃은 개양귀비처럼 구겨진 모습으로 방에서 나오고 싶지 않았다. 아름다움이 가장 빛나는 순간 비로소 나타나고 싶었던 것이다. 그렇다! 꽃은 자만심에 충만해 있었다. 꽃의 신비로운 치장은 며칠 동안이나 계속되었다. 그러던 어느 날 해가 떠오르던 바로 그때 자신의 모습을 드러냈다.

꽃은 온갖 정성을 쏟아 자신을 치장했음에도 하품을 하면서 이렇게 말했다.

"아함! 나는 아직 잠이 덜 깼어요. 아직도 내 머리카락은 온통 헝클어져 있답니다."

어린 왕자는 놀라움을 감출 수 없었다.

"당신은 정말로 아름답군요!"

"그렇죠? 나는 해님과 함께 태어났어요."

꽃은 부드럽게 대답했다.

어린 왕자는 꽃이 결코 겸손하지 않다는 것을 알아차렸다. 그러나 꽃의 아름다움은 어린 왕자를 너무나 설레게 했다.

꽃은 이내 말을 이었다.

“아침 식사 시간이 된 것 같네요. 당신이 제 생각을 해줄 만큼 친절하신지 모르겠어요.”

어린 왕자는 당황해하며 물뿌리개에 맑은 물을 담아 와서 꽃에게 물을 주었다.

꽃은 그렇게 견디기 힘든 허영심을 부리며 어린 왕자를 괴롭혔다. 이런 일도 있었다. 어느 날 꽃은 자신의 몸에 돋은 네 개의 가시들을 보여주면서 어린 왕자에게 이렇게 말했다.

“호랑이더러 발톱을 세우고 와보라고 해요!”

"내 별에는 호랑이가 없어요"라고 어린 왕자가 대꾸했다. "더군다나 호랑이는 풀을 먹지 않아요."

"나는 풀이 아니에요."

꽃은 나지막하게 응답했다.

"미안합니다."

"나는 호랑이를 무서워하진 않지만 바람은 두려워한답니다. 혹시 바람막이가 있으신지요?"

"바람이 무섭다고? 바람 막기가 꽃으로서는 힘든가 보군요."

어린 왕자는 대수롭지 않게 넘겼다. "어쨌든 이 꽃은 너무 까다로워."

"저녁마다 나에게 유리 덮개를 씌워주세요. 여기 당신의 별은 너무 추워요. 별로 좋지 않은 환경이에요. 내가 살던 곳은…."

그러나 꽃은 말을 멈추었다. 꽃은 씨앗으로 여기에 왔다. 그런 까닭에 꽃이 다른 세상을 알 리가 없었다. 꽃은 어이없는 거짓말을 하려다 들킨 게 부끄러웠는지, 어린 왕자를 멋쩍게 하려고 두세 번 기침을 해댔다.

"바람막이는요?"

"바람막이를 찾으러 가려는데 당신이 자꾸 말을 걸었거든요."

그러자 꽃은 어린 왕자 탓을 하려는지 더욱 심하게 기침을 했다.

어린 왕자는 진심에서 우러나 꽃을 사랑하면서도 그 꽃을 믿을 수 없었다. 함부로 내뱉는 꽃의 말들을 너무 진지하게 받아들이다 보니 몹시 불행해졌던 것이다.

어느 날 어린 왕자는 나에게 털어놓았다.

"꽃이 하는 말을 귀담아듣지 말았어야 했어. 꽃이 하는 말은 결코 귀담아들어서는 안 돼. 그냥 바라보고 향기만 맡으면 되는 거야. 내 꽃은 내 별을 향기로 가득 채웠지만 나는 기뻐하지 못했어. 발톱 이야기에 나는 너무 화가 났었거든. 달리 생각할 수도 있었는데 말이야…."

어린 왕자는 고백했다.

"그땐 아무것도 이해하지 못했어. 꽃이 하는 말을 듣고 판단할 게 아니라 꽃이 하는 행동을 보고 판단했어야 했지. 꽃은 향기로 나를 가득 채웠고 나를 밝게 비춰줬어. 내가 도망치지 말았어야 했는데…. 그 가련한 잔꾀 뒤에 숨어 있는 사랑을 알아차렸어야 했는데…. 꽃의 말들은 정말 모순이었어! 하지만 나는 너무 어려서 꽃을 사랑할 줄 몰랐던 거지."

여기에서 생텍쥐페리는 장미를 향한 어린 왕자의 사랑을 그리고 있습니다. 어린 왕자의 사랑은 바로 그의 별에서 자란 세상에 하나뿐인 장미꽃입니다. 장미꽃은 겸손하지도 않고 허영심이 많으며 항상 어린 왕자에게 새로운 무언가를 요구합니다. 그래서 어린 왕자는 장미를 바라보는 게 마냥 기쁘지 않습니다. 그러나 그는 비행사와 대화를 나누다 깨닫게 됩니다. 어린 왕자의 마음을 내내 껄끄럽게 했던 장미꽃의 자만심과 잔꾀에는 그에게 스스럼없이 다가가 사랑을 표현하려는 의도가 담겨 있었던 것입니다.

어린 왕자는 비로소 알게 됩니다. 장미꽃이 그를 향긋한 냄새로 가득 채워가며 내적으로 성찰할 시간을 갖게 했다는 것을…. 장미꽃은 알게 모르게 어린 왕자에게 온 마음을 쏟았습니다. 그제야 어린 왕자는 자신이 꽃을 사랑하기에는 너무 어렸다는 사실을 깨닫게 됩니다.

멀리 떨어진 낯선 별에서, 어린 왕자는 이 장미꽃만이 그를 위하는 유일한 존재였음을 알게 됩니다. 그리고 장미꽃을 진정으로 사랑할 수 있게 되었다며 그 꽃을 그리워합니다. 어린 왕자는 꽃과 사랑을 나누며 살아갈 수 있는 기회를 놓치게 되자 슬퍼합니다. 이 그리움은 어린 왕자가 비행사와 여우를 만나면서 사랑의 비밀을 깨닫게 되는 열쇠이기도 합니다. 어린 왕자는 이를 통해 새로운 사랑을 할 수 있게 된 것입니다.

사랑은 우리를 매혹시킵니다. 그러나 사랑은 상처를 주기도 합니다. 어린 왕자는 사랑을 하는 방식에서 사랑을 갈구하는 마음을 발견할 수 있음을 우리에게 가르쳐줍니다. 우리는 사랑하는 사람의 행동을 접하다 보면 때때로 "저 사람은 내 사람일 수밖에 없다"는 투의 자만심에 빠지고 그로 인해 편치 않은 상황에 직면하곤 합니다. 그래서 사랑하는 사람이 무언가를 요구하면 종종 화가 날 때가 있습니다. 그렇지만 우리는 행동의 이면을 볼 수 있어야 합니다. 그 행동 속에서 사랑하는 사람이 내게 사랑을 갈망하고 있음을 깨닫게 되기 때문입니다.

사랑은 배워야만 합니다. 우리는 어린 왕자처럼 사랑하기에 너무 어립니다. 우리는 단지 겉으로 드러나는 아름다움이나 향기만을 바라볼 뿐, 손길을 뻗치며 사랑을 갈구하는 마음을 놓치곤 합니다. 비행사가 고장 난 비행기를 수리하다 그랬던 것처럼, 사랑이 무엇인지를 배우고 사랑하는 사람의 행동에 어떤 갈망이 숨겨져 있음을 깨달으려면 어린 왕자의 가르

침에 귀를 기울여야 합니다. 어린 왕자는 우리에게 사랑하는 사람들을 항상 새롭고 신선한 눈으로 바라볼 수 있게 합니다.

여러분이 사랑하는 사람을 잘 살펴보십시오. 그 사람의 행동 때문에 괴로울 때가 있나요? 그 사람의 이기심이나 강한 자만심 같은 것이 느껴지나요? 그 이면에 무엇이 숨겨져 있는지에 관심을 가져봤나요? 곧바로 화를 내며 대응하려 해서는 곤란합니다. 호기심을 발동해서 그 사람의 모든 행동 이면에 도사리고 있는 사랑에 대한 갈망을 찾으려고 노력하세요. 그렇게 한다면 여러분은 사랑을 하기에 충분한 나이가 된 겁니다. 어린 왕자가 후회했던 것과는 달리 말입니다.

여러분은 사랑하는 사람을 있는 그대로 사랑해야 합니다. 마냥 겉모습에만 매료되어 이면을 보지 못한다면 사랑한다고 할 수 없습니다.

이별은 끝이 아니야.
다시 만남을 기약하는 것이지

나는 어린 왕자가 이동하는 철새 떼를 이용해서 그의 별을 떠나왔을 것이라고 생각한다. 별을 떠나던 날 아침, 그는 곳곳을 깨끗하게 정돈했다. 활화산도 정성을 다해 청소했다. 이 활화산은 아침 식사를 데우는 데 아주 그만이었다. 별에는 불 꺼진 화산도 하나 있었다. 어린 왕자는 평소 "무슨 일이 벌어질지 누가 알아!"라고 되뇌곤 했다. 그래서 불 꺼진 화산의 분화구도 정성스레 빗질을 했다. 화산은 잘 쓸어놓으면 조용히 불을 뿜으며 연기만 피어오른다. 화산의 폭발이란 벽난로의 화염이나 같은 것이다. 물론 지구에서는 화산이 너무 커서 쓸어놓을 엄두를 내지 못한다. 그래서 우리는 화산들 때문에 크나큰 화를 당하곤 하지….

어린 왕자는 좀 씁쓰레해 하며 바오바브 나무의 어린 싹들을 땅에서 뽑아냈다. 그가 다시는 되돌아오지 못할 것이라고 생각했기 때문이었다. 그러나 늘 해오던 모든 일들이 그날 아침에는 유독 정겹게 여겨졌다. 어린 왕자는 마지막으로 그의 꽃에 물을 주고 유리덮개를 씌우려 하며 눈물을 글썽거렸다.

"잘 있어." 그는 꽃에게 말했다.
그러나 꽃은 그에게 대답하지 않았다.

"잘 있어." 그는 다시 말했다.
꽃은 기침을 했다. 감기에 걸렸기 때문은 아니었다.

"내가 어리석었어요."
꽃은 마침내 입을 열었다.
"나를 용서해주세요. 그리고 행복해지세요."

어린 왕자는 꽃이 자신을 비난하지 않자 깜짝 놀랐다. 그래서 유리덮개를 손에 든 채 어쩔 줄 몰라 하며 우두커니 서 있었다. 어린 왕자는 꽃이 왜 이렇게 온순해졌는지 이해할 수 없었다.

"그래요. 나는 당신을 사랑해요." 꽃은 그에게 말했다. "당신은 그걸 몰랐죠. 내 잘못이에요. 하지만 이젠 더 이상 아무 소용도 없지요. 그러나 당신도 나처럼 어리석었어요. 부디 행복해지세요. 이 유리덮개는 치워버리세요. 나는 유리덮개가 더 이상 필요하지 않답니다."

"그러나 바람이…."

"그렇다고 감기에 걸리지는 않아요. 밤공기는 나에게 좋을 거예요. 나는 꽃이니까요."

"하지만 야생 동물들이…."

"내가 나비와 친해지려면 두세 마리의 벌레 정도는 참아야겠죠. 나비는 정말 아름답지요. 나비 말고 누가 나를 찾아주겠어요? 당신은 아주 멀리 떠나 있겠죠. 그리고 맹수들이 있다고 해도 나는 두렵지 않아요. 나는 발톱이 있거든요."

그러면서 꽃은 천진난만하게 자신의 가시 네 개를 드러내 보여주었다. 그러고는 말을 이어갔다.

"그렇게 꾸물거리지 말아요. 신경 쓰이잖아요. 당신은 떠나기로 결심했지요. 그렇다면 가세요!"

꽃은 어린 왕자에게 자신이 우는 모습을 보여주고 싶지 않았던 것 같다.

자존심이 매우 강했으니까….

어린 왕자는 자신의 별, 그리고 장미꽃과 이별하는 순간에서야 자신이 얼마나 그 꽃을 사랑했는지 알게 됩니다. 그는 회한의 눈물을 흘려야만 했습니다. 장미꽃 역시 때늦게 어린 왕자에게 사랑을 고백합니다. 장미꽃은 어린 왕자에게 자신의 사랑을 솔직하게 드러내지 못했던 잘못을 통감합니다. 어린 왕자에게 이것저것을 까다롭게 요구하면서 내면에 품고 있던 사랑을 숨겼던 것이 마냥 후회스럽습니다. 뒤늦게나마 장미꽃은 자신의 사랑을 진솔하게 표현합니다. 둘 다 어리석었습니다. 둘은 서로 사랑했지만 상대에게 그 사랑을 드러낼 만큼 서로를 믿지 못했던 것입니다. 그러나 너무 늦어버렸습니다. 둘은 다시 만날 수 없음을 절절이 느끼고 있기 때문입니다.

우리는 어린 왕자와 꽃의 슬픔을 프랑스 시인이 쓴 몇 구절의 시에서 접할 수 있습니다. "우리의 마음이 아파옵니다. 상대에게 사랑을 드러내지 못할 만큼 서로를 믿지 않았던 그 순간들을 우리는 뼈저리게 한탄합니다. 우리는 상대가 고깝게만 생각했던 그 말의 뒤편에다 우리의 사랑을 숨겨놓았던 것이지요."

많은 부부들이 둘 다 자신의 사랑을 확실하게 표현하는 법을 익히지 못해 결혼생활에 실패하곤 합니다. 결국 서로 소원해지고 이별의 길을 택하게 됩니다. 그들은 이별을 눈앞에 두고 나서야 부부관계에서 소홀했던 크고 작은 일들을 비로소 깨닫습니다. 그리고 놓쳐버린 사랑 때문에 괴로워하고 미련을 품게 됩니다.

어린 왕자의 이야기에서 이별은 사랑의 끝을 의미하지 않습니다. 사랑은 계속됩니다. 어린 왕자는 사랑하는 장미꽃과 멀리 떨어져 있음에도 불구하고 사랑이 그의 마음속 깊은 곳에 머물고 있음을 느낍니다. 그는 당장 볼 수는 없지만 장미꽃에게로 다시 돌아가 사랑의 재회를 하리라는 생각을 굳혀가고 있습니다. 결국 한때의 이별은 사랑을 더욱 깊게 하며 새로운 출발을 예고합니다.

몸을 낮추면 마음의 평화가 절로 오거든

어린 왕자는 여행을 하던 중 여러 다양한 사람들이 살고 있는 몇몇 별들을 방문했다. 그중 하나의 별에서 허영심이 강한 사람을 만났다.

"아! 아! 저기 나를 숭배할 사람이 오고 있구나!" 허영심에 잔뜩 빠져 있는 그 사람은 어린 왕자를 보자마자 저 멀리서부터 소리쳤다. 그에게 다른 사람들은 모두 자신을 숭배하는 존재로 보이기 때문이다.

어린 왕자가 말했다.

"안녕하세요. 당신은 이상한 모자를 쓰고 있군요!"

"나는 인사를 하려고 모자를 쓰고 있단다. 사람들이 나에게 환호할 때 답례를 하기 위한 것이란다. 유감스럽게도 이

곳을 지나가는 사람들이 없구먼."

"아, 그래요?"
어린 왕자는 무슨 말인지 이해할 수 없었다.

"손으로 박수를 쳐라!"
허영심 강한 사람이 어린 왕자에게 명령했다.

어린 왕자는 손으로 박수를 쳤다. 허영심 강한 사람은 모자를 들어 올리며 예의를 차려 인사했다.

"이거 아주 재미있는데."
어린 왕자는 중얼거렸다.

그는 다시 손으로 박수를 쳤다. 허영심 강한 사람은 다시 모자를 들어 올리며 정중하게 인사를 했다. 5분쯤 지나자 어린 왕자는 이 단조로운 놀이에 싫증이 났다.

"모자가 땅에 떨어지게 하려면 어떻게 해야 하나요?"
어린 왕자가 물었다. 허영심 강한 사람은 그 말을 듣지 않았다. 그 사람은 칭찬받는 것 외에는 그 어떤 말도 듣지 않았다.

"너는 정말로 나를 숭배하는 거니?"

허영심 강한 사람이 어린 왕자에게 물었다.

"숭배한다는 것은 무슨 뜻인가요?"

"숭배한다는 것은 내가 이 별에서 가장 잘생기고 가장 잘 차려입으며 가장 부자이고 가장 똑똑한 사람임을 인정한다는 뜻이란다."

"하지만 당신은 당신의 별에 혼자 있잖아요!"

"나를 기쁘게 해다오! 그래도 나를 숭배하렴!"

"나는 당신을 숭배해요." 어린 왕자 이렇게 말하면서도 이해할 수 없다는 듯 어깨를 으쓱 들어 올렸다. "도대체 당신은 왜 그런 데 관심을 갖는지 모르겠네요?"

그리고 어린 왕자는 그 별을 떠났다.

"어른들은 아무리 생각해도 이상해." 어린 왕자는 혼잣말을 하며 다시 여행에 나섰다.

지구로 오면서, 어린 왕자는 여러 유형의 어른들을 만납니다. 그는 어른들의 있는 그대로의 모습을 보고 질문을 던집니다. 그러면서 자신의 머릿속에 어른들의 삶이 얼마나 의아하게 투영되는지를 어른들에게 전하고 있습니다.

허영심 강한 사람은 모든 사람들이 자신을 숭배하기를 원합니다. 그러나 그 사람은 별에 홀로 있기 때문에 그를 숭배할 어떤 사람도 만나지 못합니다. 여기에서 박수를 친다는 것은 숭배에 동의한다는 의미가 분명합니다. 어린 왕자가 박수를 치면 허영심 강한 사람은 여지없이 모자를 들어 올렸습니다. 그러나 어린 왕자에게 이 놀이는 마냥 어리석게 여겨집니다.

허영심 강한 사람이 그를 숭배하기를 요청했을 때 어린 왕자는 이렇게 말합니다. "나는 당신을 숭배해요." 그러나 그 놀이는 어린 왕자에게 도망치고 싶을 만큼 너무나 기괴한 것이었습니다.

생텍쥐페리는 허영심 강한 사람을 통해 우리들 자신을 돌아보게 합니다. 우리도 비슷한 어리석음을 수시로 범하며 살고 있지 않나요?

허영심 강한 사람은 남의 말을 경청하지 않습니다. 그는 자신을 칭찬하는 말에만 귀를 열어놓습니다. 다른 모든 것들은 흘려듣습니다. 그는 자신에 도취해서 다른 사람들이 항상 자신을 우러러 받들기를 원합니다.《어린 왕자》의 작가가 인물을 묘사하면서 어느 정도는 과장했다 치더라도, 우리는 언제나 자신에게서 허영심 강한 사람의 모습을 발견할 수 있습니다.

우리는 자신의 정체성을 다른 사람의 인정을 받는 데서 찾곤 합니다. 그래서 자신이 항상 무대 위에 사는 것처럼 생각하며 무대 없이는 살 수 없다고 믿는 사람들이 꽤 있습니다. 이런 사람들이 무대를 상실하게 된다면 실의에 빠져 자신의 내면으로 파고 들어갈 것입니다. 그리고 자기 스스로를 가치가 없고 고립되었다고 자학을 하게 됩니다.

사람들은 보통 무대에 서서 박수갈채를 받고자 하는 이 허영심 강한 사람을 곤혹스럽게 받아들입니다. 그런 부류의 사람은 자신이 진정으로 어떤 사람인지를 이해하지 못하고 있다고 봐야 합니다. 허영심 강한 사람은 가상의 세계에서 살아가는 셈입니다.

우리는 허영심이 있다고 해도 그렇게 극단적으로 드러내지는 않습니다. 하지만 우리 역시 자신을 냉철하게 들여다본다면 허영심 강한 사람의 속성을 찾아낼 수 있습니다. 허영심 강한 사람은 남에게 철저할 만큼 친절합니다. 그러나 그의 관심은 온통 다른 사람들로부터 박수갈채와 함께 숭배를 받는 데 쏠려 있습니다.

뮌헨의 정신의학자인 알베르트 괴레스(Albert Görres)는 상당수 지도자들의 내면에 '남의 숭배를 추구하는 난쟁이들'이 몰려 있다고 말합니다. 이런 지도자들은 수많은 회사나 공동체들에 존재합니다. 어느 곳이든 맨 위에는 한 사람이 서 있습니다. 이 사람에게는 다른 사람들의 숭배가 필요합니다. 만일 이 사람이 숭배를 받지 못한다면 제풀에 겨워 쓰러지게 됩니다.

우리는 어린 왕자에게서 자신의 나약함을 인정하고 스스로 낮추며 겸손하게 사는 지혜를 배울 수 있습니다. 그렇게 산다면 우리의 삶은 진실로 평안해집니다.

즐길 줄 모르면 부자가 아니야

어린 왕자는 한 사업가가 살고 있는 어떤 별에 들렀다. 이 사업가는 얼마나 열심히 일을 했는지 어린 왕자가 찾아왔을 때 고개를 한 번도 들지 않았다.

"안녕하세요." 어린 왕자가 말했다. "당신의 담뱃불이 꺼졌네요."

"셋에 둘을 더하면 다섯. 다섯에 일곱을 더하면 열둘. 열둘에 셋을 더하면 열다섯. 안녕! 열다섯에 일곱을 더하면 스물둘. 스물둘에 여섯을 더하면 스물여덟. 담뱃불을 붙일 시간이 없어. 스물여섯에 다섯을 더하면 서른하나. 어휴! 그렇다면 5억 162만 2,731이구나."

"뭐가 5억이에요?"

"뭐라고? 아직도 여기에 있었니? 5억 100만… 그 다음이 무엇이었더라? 나는 할 일이 너무 많아! 아주 중요한 사람이거든. 허튼 일이나 하며 시간을 낭비하지 않아! 둘에 다섯을 더

하면 일곱….”

사업가는 비로소 고개를 들었다.

“내가 이 별에서 54년 동안 살고 있지만, 남에게 방해를 받은 적은 딱 세 번뿐이었어. 첫 번째는 22년 전이었지. 어디에서 왔는지 알 수 없지만 여기에 떨어진 풍뎅이 때문이었어. 풍뎅이가 끔찍한 소리를 내는 바람에 계산을 네 번이나 틀렸거든. 두 번째는 12년 전 신경통 때문이었지. 나는 항상 운동이 모자라. 산책할 시간조차 없어. 나는 중요한 사람이거든! 그리고 세 번째는 바로 지금이야! 내가 어디까지 했더라? 5억 100만….”

“뭐가 5억 100만이에요?”

사업가는 더 이상 평온하게 일을 할 수 없다고 생각했다.
“사람들이 하늘에서 가끔 볼 수 있는 이 작은 것들이 100만이라는 거란다.”

“파리들이요?”

“아니야. 반짝이는 이 작은 것들.”

"꿀벌이요?"

"아니야. 금빛으로 반짝이는 이 조그만 것들. 게으름뱅이들은 그것들을 보면서 꿈을 꾸곤 하지. 그러나 나는 중요한 사람이라서 꿈을 꿀 시간이 없어."

"아하! 별을 말씀하시는 거군요."

"그래. 별들이란다."

"그럼 당신은 5억 개의 별로 무엇을 하나요?"

"아니, 5억 162만 2,731개야. 나는 중요한 사람이고 아주 정확하지."

"그런데 이 별들로 무엇을 하나요?"

"무엇을 하냐고?"

"네."

"아무것도 하지 않아. 나는 그저 별들을 소유하고 있는 거지."

"별들을 소유하고 있다고요?"

"그래."

"하지만 내가 이전에 만났던 왕은…."

"왕은 소유하지 않아. 왕은 다스릴 뿐이야. 그것은 아주 다른 거란다."

"그렇다면 별을 소유하는 게 무슨 도움이 되나요?"

"나를 부자가 되게 해주지!"

"그렇다면 부자가 되는 게 무슨 도움이 되나요?"

"누군가가 새로운 별을 발견하면 그 별을 살 수 있지."

"어떻게 하면 별을 소유할 수 있나요?"

"너는 지금 별들에 주인이 없다고 말하는 거야?"
사업가는 투덜대듯이 되물었다.

"모르겠어요. 하지만 그 누구의 것도 아니죠."

"그러니까 별들은 내 것이야. 내가 맨 처음 별을 소유한다는 생각을 했기 때문이지."

"생각만 하면 소유할 수 있는 건가요?"

"물론이지! 네가 주인 없는 다이아몬드를 발견하면 다이아몬드는 너의 것이다. 네가 주인이 없는 섬을 발견한다면 역시 섬은 너의 것이다. 네가 처음으로 어떤 아이디어를 내면 그것에 특허를 내야 한다. 그러면 그 아이디어는 너의 것이 되는 거야. 그런 식으로 나는 별들을 갖게 된 것이지. 지금까지 어느 누구도 나보다 먼저 별들을 갖겠다는 생각을 하지 않았어."

"그건 맞아요." 어린 왕자가 말했다. "그런데 당신은 별을 가지고 무엇을 하나요?"

"나는 별들을 관리하지. 그러면서 그것들을 세고 또 세는 거야." 사업가는 말했다. "아주 어려운 일이란다. 그래서 나는 중요한 사람이야!"

어린 왕자는 여전히 납득할 수 없었다.

"내게는 목도리가 있어요. 나는 목도리를 목에 두를 수도 있고 목에 차고 다닐 수도 있어요. 또 나는 꽃이 하나 있어요. 그 꽃을 꺾어서 가지고 다닐 수도 있지요. 하지만 당신은 별들을 딸 수가 없잖아요!"

"그렇지. 그러나 나는 별들을 은행에 넣어둘 수 있어."

"그게 무슨 뜻이에요?"

"작은 종이 조각에다 내 별들의 수를 적어서 금고에 넣고 잠근다는 말이란다."

"그게 다예요?"

"그렇단다."

"흥미롭군요." 어린 왕자는 이렇게 생각했다. "마치 시를 쓰는 것 같은데…. 그러나 그리 중요한 일은 아니야."

어린 왕자가 생각하는 중요한 일들은 어른들과 아주 달랐다.

"나는 말예요." 어린 왕자가 말했다. "꽃을 하나 가지고 있는데 매일 아침 물을 줘야 해요. 그리고 세 개의 화산도 가지고 있어 매주 비로 쓸어주고 있어요. 불 꺼진 화산도 쓸어주지요. 언제 무슨 일이 일어날지 알 수 없으니까요. 내가 화산과 꽃을 소유한다는 것은 그 화산과 꽃에는 아주 쓸모가 있지요. 하지만 당신은 당신의 별들에게 아무런 쓸모가 없군요."

사업가는 입을 벌리려 했으나 딱히 대답할 말을 찾을 수 없었다. 그래서 어린 왕자는 별을 떠났다.

"어른들은 정말 이상해." 어린 왕자는 혼잣말을 되뇌며 여행을 계속했다.

사업가는 자신이 소유하고 있다는 별들을 세는 데 정신이 팔려 있습니다. 허영심 강한 사람이 누군가로부터 숭배를 받으며 살기 위해 다른 사람들과의 관계를 중하게 여겼던 것과는 달리 그에게는 어떤 관계도 필요하지 않습니다. 사업가는 어린 왕자를 훼방꾼으로 여겼을 뿐입니다. 그에게는 숫자가 더 중요합니다. 그는 차가운 세계에 살고 있습니다.

어린 왕자는 고집스럽게 질문을 던집니다. 그러나 사업가의 머리는 온통 자신이 5억 개의 별들을 소유하고 있다는 생각으로 가득합니다. 어린 왕자는 별을 소유한다는 것이 무엇을 의미하는지 계속 집요하게 묻습니다. 사업가는 마침내 말을 더듬게 됩니다. 별을 관리하고 종이 조각에다 숫자를 써서 은행에 넣어놓고 있다고 하지만 군색하게 들립니다.

어린 왕자는 자신이 꽃을 소유하며 애지중지 다루고 있는 것을 들먹이며 단호하게 말합니다. "당신은 당신의 별들에게 아무 쓸모가 없군요." 어린 왕자의 단호한 주장에 사업가는 할 말을 잃습니다. 사업가에게 그 누구도 이렇게 말한 적이 없었기 때문입니다. 아직까지 그 누구도 사업가가 무의미하고 쓸모없는 일을 하고 있음을 어린 왕자처럼 명백하게 알려주지 않았습니다.

우리 자신을 사업가에 비추어보면 의문이 떠오릅니다. 우리 역시 몸과 마음이 따로 놀 때가 자주 있습니다. 우리는 숫자를 세고 또 세지만 이어지는 숫자들이 얼마나 무의미한지를 전혀 알아채지 못합니다. 사업가의 헛된 꿈처럼 숫자가 별이 되는 것은 아닙니다. 그 숫자들에서 삶의 가치를 느낄 만한 그 어떤 단서도 얻지 못할 때가 비일비재합니다.

사업가의 모습은 하나의 거울입니다. 그 속에서 우리는 더 많이 원하고 더 많은 돈을 벌고 더 많은 것을 갖고자 하는 소유욕을 볼 수 있습니다. 그러나 소유욕은 별에서 혼자 고립되어 있던 사업가처럼 우리를 고립시킵니다. 탐욕스러운 사람은 즐길 줄을 모릅니다. 사업가는 숫자들의 주변만 맴돌고 있을 뿐입니다. 그는 몸을 자유롭게 움직이는 것조차 잊어버렸습니다. 그래서 신경통을 앓게 됩니다. 고통은 자신을 스스로 파멸시키는 삶의 하나입니다.

우리는 사업가에게서 자본주의의 일그러진 잔영을 봅니다. 오늘날 독일의 사회시장경제는 오직 더 많은 돈을 축적하여 세계 각국에 더 많은 영향력을 행사하는 데 매진하고 있습니다. 자본주의는 그렇게 엇나가는 목적의식을 전혀 통제하지 못하고 있습니다. 자본주의의 이상은 냉혹하고 엄격하며 비인간적으로 탐욕만 좇는 분위기에 싸여 날로 퇴색하고 있습니다. 이러한 세상에서 살아가기란 쉽지 않습니다. 서로 돕고 상생하며 사람냄새를 풀풀 내는 그 어떤 관계도 생겨날 여지가 별로 없습니다.

사업가는 어린 왕자와의 만남에 전혀 관심이 없었습니다. 누구든 별을 방문하면 숫자를 세는 데 방해만 될 뿐입니다. 생텍쥐페리는 자본주의의 이상이 허물어져 무의미해지고 있음을 드러내며 우리가 서로의 관계를 상실하고 돈의 노예로 전락하는 냉혹한 현실을 경고하고 있습니다.

뱀과 죽음, 그리고 삶의 신비

어린 왕자가 마지막으로 방문한 별은 지구였다. 그는 딱딱한 땅바닥에 발이 닿았을 때 아무도 보이지 않아서 깜짝 놀랐다. 모래 속에서 달처럼 빛나는 고리 하나가 꿈틀대자 덜컥 겁이 나기까지 했다.

"안녕." 어린 왕자는 하늘에 운이라도 맡긴 듯 곧바로 말을 걸었다.

"안녕." 뱀이 응답했다.

"내가 지금 어느 별에 착륙한 거니?" 어린 왕자가 물었다.
"지구야. 아프리카." 뱀이 말했다.

"아, 그렇구나…. 지구에는 사람이 살지 않니?"

"여기는 사막이야. 사막에는 사람이 살지 않아. 지구는 크단다." 뱀이 말했다.

어린 왕자는 돌에 올라앉아 눈을 들어 하늘을 보았다.

“나는 스스로 묻곤 해.” 그는 말했다. “사람들이 언젠가 자신의 별을 다시 찾을 수 있게 하려고 별들이 저렇게 반짝이는 것은 아닐까? 내 별을 봐! 바로 우리 머리 위에 있어. 하지만 너무나 멀리 떨어져 있구나!”

“너의 별은 무척 아름답구나.” 뱀이 말했다. “여기는 뭐하러 왔니?”

“내 꽃과 말썽을 빚었거든.” 어린 왕자가 말했다.

“아, 그렇구나.” 뱀이 말했다.

그리고 둘 다 침묵했다.

"사람들은 어디에 있니?" 어린 왕자가 다시 말문을 열었다. "사막은 조금 외로운가 보다…."

"사람들이 사는 곳도 외로운 건 마찬가지야." 뱀이 말했다.

어린 왕자는 뱀을 한참 살펴보았다. 그리고는 말을 이어나갔다. "너는 재미있는 동물이구나. 손가락처럼 가늘잖아…."

"하지만 나는 왕의 손가락보다 더 힘이 세." 뱀이 말했다.

어린 왕자는 웃음을 참을 수 없었다. "그렇게 보이지 않는데…. 너는 발도 없고 다리도 없잖아. 이곳저곳으로 여행도 할 수 없겠는데…."

"나는 배보다 더 먼 곳으로 너를 데려갈 수 있어." 뱀이 말했다.

뱀은 마치 금팔찌처럼 어린 왕자의 발목을 휘감았다.

"내가 건드리는 사람은 누구라도 자기가 나왔던 땅으로 돌아가게 하지." 뱀은 덧붙여 말했다. "하지만 너는 맑고 다른 어느 별에서 왔으니…."

어린 왕자는 아무런 대답도 하지 않았다.

"너를 보니 안타깝구나. 이렇게 연약한 아이가 딱딱한 돌덩어리 지구에 왔구나. 나는 언젠가 네가 너의 별을 몹시 그리워하게 되면, 너를 도울 수 있어. 나는 말이야…."

"아, 무슨 말인지 아주 잘 알겠어." 어린 왕자가 말했다. "그런데 너는 왜 항상 수수께끼를 내듯이 말을 하니?"

"나는 수수께끼라면 모두 해결할 수 있거든." 뱀이 말했다.

그리고 둘은 입을 다물었다.

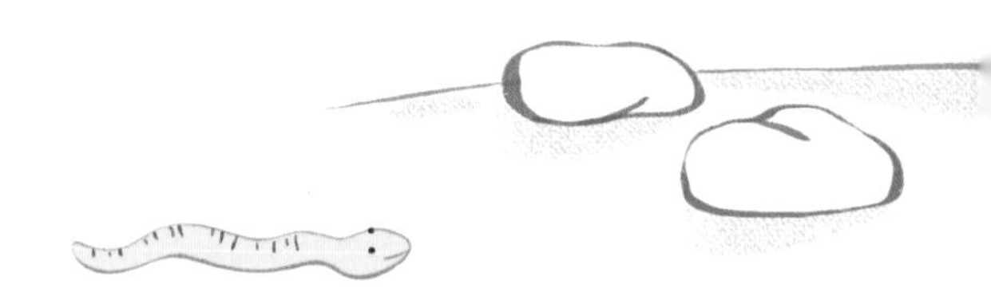

어린 왕자가 지구에 왔을 때 어떤 사람도 만나지 못했습니다. 그는 사람이 없다는 생각에 외로움을 느꼈습니다. 어린 왕자가 마주친 최초의 생명체는 한 마리의 뱀입니다. 뱀은 어린 왕자에게 지구의 어느 곳에 착륙했는지를 알려줍니다. 그리고 뱀은 어린 왕자에게 캐묻습니다. 어린 왕자는 꽃과 감정이 어그러져 자신의 별을 떠나온 사연을 전합니다. 뱀은 곧바로 알아듣습니다. 어린 왕자가 품고 있던 사랑의 비밀이 터져 나오자 둘을 침묵합니다.

뱀은 현명한 동물입니다. 뱀은 어린 왕자에게 사람은 사막에서만 외로운 게 아니라 사람들 사이에서도 외로움을 느끼고 있음을 알려줍니다. 그리고 뱀은 어린 왕자가 원한다면 그의 꽃에게로 다시 되돌아갈 수 있게 돕겠다고 약속합니다. 어린 왕자는 뱀의 약속을 금방 이해합니다. 뱀은 평소대로라면 어린 왕자를 죽여서 그가 왔던 곳으로 돌려보낼 것입니다. 하지만 어린 왕자의 경우는 다치지 않게 놔둡니다. 이 아이가 너무나 순수함을 알아챘기 때문입니다.

어린 왕자의 순수함은 늑대와 친구 사이로 지냈던 프란체스코 같은 성인을 떠오르게 합니다. 순순한 인간은 항상 자연과 동물들, 그리고 식물들과 자유롭게 어울립니다. 예수님도 그렇게 순수한 사람이었습니다. 마르코복음은 예수가 40일 동안 사막에서 지냈던 일을 이렇게 이야기합니다. "들짐승들과 함께 지내셨는데 천사들이 그분의 시중을 들었다."(마르코 1장 13절) 여기에서 우리는 순수함을 추구하는 의미를 깨닫습니다. 순수함을 좇다 보면 우리는 하나가 되며, 또한 야생 동물도 친구로 받아들여 하나가 됩니다.

어린 왕자와 만난 뱀은 에덴동산에서 선악과를 먹도록 아담과 이브를 유혹했던 뱀을 연상시킵니다. 그러나 뱀은 유혹하는 존재가 아니라 현명하고 총명한 생명체입니다. 예수님께서 이렇게 말씀하십니다. "뱀처럼 슬기롭고 비둘기처럼 순박하게 되어라."(마태오 10장 16절)

그러나 뱀은 동시에 죽음과 이어집니다. 우리는 뱀을 보면 죽음을 떠올립니다. 누구든 죽음을 사유하다 보면 현명한 선택을 찾게 됩니다. 그리고 어떻게 살아야 할지 그 척도를 생각하게 됩니다. 죽음을 눈앞에 두고 있다면, 허영심 강한 사람이나 사업가에게서 보았던 허상들은 아무런 의미가 없습니다. 죽음은 우리 스스로 진정한 삶을 추구하게 하면서 그 속에서 참의미를 깨닫게 합니다.

뱀은 자신이 어떤 수수께끼든 풀 수 있다고 말합니다. 죽음을 사유하는 것 또한 수수께끼를 푸는 것과 같습니다. 죽음은 우리 삶의 수수께끼를 풀어줍니다. 죽음에서 우리는 무엇을 위해 사는지, 그리고 우리의 삶에는 어떤 의미가 있는지를 깨닫게 됩니다. 죽음에서 우리는 하느님을 보게 됩니다. 그러면서 우리는 눈을 뜨고 삶의 신비를 터득하게 됩니다.

내 사랑이 그저 흔한 꽃이었지만 슬퍼하지 않아

어린 왕자는 사막을 떠돌면서 어떤 사람도 만나지 못했다. 그는 한참 동안 모래 위를 터벅터벅 걸어 다닌 후에 산과 계곡을 넘다가 길을 하나 발견했다. 길이란 모두 사람들이 사는 곳과 이어진다.

그곳은 장미꽃이 가득 피어 있는 정원이었다.
"안녕." 어린 왕자가 말했다.
"안녕." 장미꽃들이 응답했다.

어린 왕자는 장미꽃들을 살펴봤다. 모두 자기의 별에 두고 온 꽃처럼 보였다.
"너희들은 누구니?" 그는 내심 놀라 물었다.

"우리는 장미꽃이야." 꽃들이 말했다.

"아, 그렇구나," 어린 왕자는 말했다.

어린 왕자에게는 이내 자신이 무척 불행하다는 생각이 스쳐갔다. 자기 별의 꽃은 세상에서 자신과 똑같이 생긴 꽃이 없다고 그에게 말했기 때문이다. 그 꽃과 똑같은 꽃들이 5,000송이나 이 정원에 있지 않은가!

"내 꽃이 이것을 본다면 몹시 속상할 거야." 그는 혼잣말을 했다. "웃음거리가 되지 않으려고 심하게 기침을 내뱉으며 죽어야 한다고 할지 몰라. 결국 내가 돌봐줘야 하겠지. 그렇지 않으면 꽃은 진짜 죽어버려서 나에게 죄책감을 느끼게 할 거야."

어린 왕자는 스스로를 한탄했다. "나는 세상에 하나밖에 없는 꽃을 가지고 있어 부자라고 생각했어. 그런데 그저 흔한 장미꽃 한 송이를 가지고 있었던 거야. 게다가 기껏해야 무릎까지밖에 안 되는 화산 세 개…. 그중 하나는 아마 영영 꺼져버렸는지도 몰라. 이런 것들로 내가 위대한 왕자가 될 수는 없겠지…." 어린 왕자는 풀밭에 엎드려 울었다.

어린 왕자는 장미 정원의 5,000송이 장미꽃들을 만나고 충격을 받습니다. 그는 항상 자신의 장미꽃을 세상에서 하나뿐인 꽃이라고 생각했습니다. 그 꽃이 자신에게 그렇게 말했기 때문입니다. 그러나 지금 그는 5,000송이의 다른 장미꽃들, 자신의 꽃과 똑같은 장미꽃들을 봅니다. 어린 왕자는 자신이 환상에서 깨어나야 한다는 것을 알게 됩니다. 그는 세상에 하나밖에 없는 꽃을 가지고 있어 자신이 부자라고 여겼습니다. 하지만 그는 단지 아주 흔한 장미꽃 한 송이를 가지고 있을 뿐입니다. 이런 현실을 통찰하면서, 어린 왕자는 풀밭에 몸을 내던지며 엉엉 웁니다. 아무도 그를 위로할 수 없을 정도로 말입니다.

어린 왕자는 자신의 사랑에 실망을 했습니다. 우리 역시 비슷한 경험을 하곤 합니다. 우리는 자신이 사랑하는 사람이 세상에 단 하나밖에 없다고 생각합니다. 그러다 내가 사랑하는 사람이 그렇고 그런 평범한 사람이라는 것을 알게 됩니다. 누구나 결점과 약점을 가지고 있고, 때로는 편협한 모습도 드러내기 때문입니다. 우리는 내가 사랑하는 사람이 주변에서 흔히 볼 수 있는 그런 사람이라는 것을 깨닫고는 실망하게 됩니다.

사랑에 빠진다는 것은 곧 자신의 바람을 상대의 마음에 투사하는 것입니다. 내가 사랑에 빠지게 되면 나의 이상적인 욕구나 희망들을 구체적인 상대에게 전이시킵니다. 그러다가 그 사람도 나와 별반 다르지 않은 존재라는 사실을 수시로 깨닫게 됩니다.

심리학에서 사랑하는 사람이 보통 사람들과 다를 바 없다고 여겨질 때 슬퍼하라고 가르칩니다. 슬퍼한다는 것은 자기 스스로 만든 것이든 사랑하는 사람에게 투사한 것이든 자신의 이상적인 욕구나 희망들과 고통스럽지만 결별하라는 뜻입니다.

나는 그렇게 슬퍼하면서 진리의 길을 찾아갈 수 있다고 단언합니다. 슬픔 자체가 영혼의 바닥에 있는 내면의 공간으로 나를 이끌어주기 때문입니다. 그곳에서 나는 자신과 만나며 나 역시 평범한 사람임에도 내 안의 신성한 영역을 인식하게 됩니다. 나는 슬퍼하면서 사랑하는 사람의 진정한 가치도 깨닫습니다. 그 사람의 한계를 충분히 알고 있음에도 나에게는 그저 사랑스럽고 더 나아가 사랑의 감정을 불러일으키며 마냥 소중한 존재임을 재차 확인하게 되는 것입니다. 그러나 이러한 변화는 내가 사랑하는 사람에게 기대하는 부질없는 이상이나 희망과 과감히 결별해야 비로소 다가옵니다.

길들이고… 마음으로 보고…

여우가 바로 그때 나타났다.

"안녕." 여우가 말했다.

"안녕." 어린 왕자는 공손하게 대답하며 뒤를 돌아보았지만 아무도 보이지 않았다.

"나는 여기에 있어." 목소리가 들려왔다. "사과나무 아래에."

"너는 누구니?" 어린 왕자가 물었다. "너는 정말 아름답구나."

"나는 여우야." 여우가 말했다.

"이리와. 나랑 놀자. 나는 지금 너무 슬퍼."
어린 왕자가 여우에게 청했다.

"너랑 놀 수 없어." 여우가
말했다. "나는 아직 길

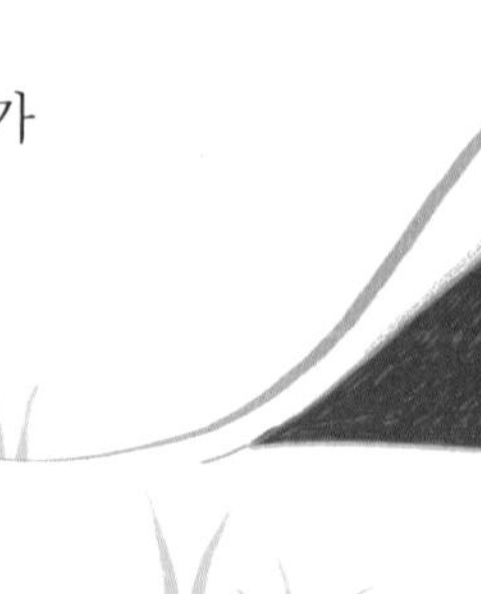

들여지지 않았거든."

"아! 미안해." 어린 왕자가 말했다. 그러고는 잠깐 멈칫한 후에 말을 이어갔다. "'길들인다'는 게 무슨 뜻이니?"

"너는 여기에 사는 아이가 아니구나." 여우가 말했다. "너는 무엇을 찾고 있니?"

"나는 사람들을 찾고 있어." 어린 왕자가 말했다. "'길들인다'는 게 무슨 뜻이니?"

"사람들은 말이야. 총을 가지고 사냥을 하지. 나로서는 몹시 불쾌한 일이야! 사람들은 또 닭을 기르는데 그들에게는 아주 큰 관심사란다. 너는 닭을 찾고 있니?" 여우가 말했다.

"아니야." 어린 왕자가 말했다. "나는 친구들을 찾고 있어. '길들인다'는 게 무슨 뜻이니?"

"그것은 사람들이 모두 잊고 지내는 말이지. '서로 관계를 맺는다'는 뜻이야." 여우가 말했다.

"서로 관계를 맺는다고?"

"그렇단다." 여우가 말했다. "너는 지금 나에게 수많은 다른 아이들과 다를 바 없는 한 아이에 지나지 않아. 그래서 네가 나에게는 별로 필요가 없어. 너 역시 마찬가지로 내가 필요 없을 거야. 내가 너에게 수많은 다른 여우들 가운데 한 여우에 지나지 않기 때문이지. 하지만 네가 나를 길들인다면 서로를 필요로 하게 되는 거야. 너는 나에게 세상에서 유일한 아이가 되는 거야. 나는 너에게 세상에서 유일한 여우가 되는 거고…."

"오! 이해할 수 있을 것 같아." 어린 왕자가 말했다. "나에게는 꽃이 하나 있는데 그 꽃이 나를 길들였던 것 같아."

"가능하지." 여우가 말했다. "지구에서는 별의별 일이 다 일어나거든."

"아! 지구가 아니야." 어린 왕자가 말했다.

여우는 잔뜩 호기심을 드러냈다.

"다른 별에서?"

"그래."

"그 별에도 사냥꾼이 있니?"

"아니, 없어."

"흥미롭군. 닭은 있니?"

"아니."

"완전한 것이란 없지." 여우는 한숨을 쉬었다.

여우는 다시 자기 생각을 털어놨다. "내 삶은 단조롭단다. 나는 닭들을 사냥하고 사람들은 나를 사냥하지. 닭들은 다 똑같고 사람들도 다 똑같지. 그래서 아주 따분해. 네가 나를 길들인다면 내 삶은 햇빛을 받는 것처럼 밝아질 거야. 나는 다른 사람들과 구별해서 네 발자국 소리를 알아차릴 거고. 다른 사람들의 걸음 소리가 들리면 내가 굴로 숨어들겠지만 네 걸음 소리는 음악처럼 들려 내가 여우 굴에서 튀어나올 거야. 저기를 봐! 저기에 밀밭이 보이지? 나는 빵을 먹지 않아. 내게 밀은 아무 소용이 없어. 그래서 밀밭을 보아도 떠오르는 게 없어. 슬픈 일이지! 하지만 금빛 머리카락을 지닌 네가 나를 길들인다면 놀라운 일이 벌어질 거야! 밀밭이 금빛을 드러낼 때마다 나는 너를 떠올리게 될 거야. 그래서 밀밭을 스치는 바람 소리만 들어도 기뻐하게 되겠지…."

여우는 입을 다물고 한참 동안 어린 왕자를 쳐다보며 말했다. "제발 나를 길들여줘."

"나도 그러고 싶어." 어린 왕자가 대답했다. "하지만 시간이 많지 않아. 나는 친구들을 찾아야 하고 배워야 할 것이 많아."

"누구든 길들이지 않고는 어떤 것도 알 수 없어." 여우가 말했다. "사람들은 시간이 없어 무엇이든 제대로 알지 못해. 그저 이미 만들어진 물건들을 가게에서 살 뿐이지. 하지만 친구를 파는 가게는 없어. 그래서 사람들에게 친구가 없는 거야. 네가 친구를 얻고 싶다면 나를 길들여야 해!"

"그러면 내가 무엇을 어떻게 해야 하지?" 어린 왕자가 물었다.

"진득한 인내심을 가져야 해." 여우가 대답했다. "우선 너는 내게서 조금 더 떨어져 저 풀밭으로 가 있어. 내가 너를 곁눈질로 슬쩍슬쩍 볼 거야. 너는 아무 말도 하지 마. 말은 오해를 낳기 때문이지. 그러다 보면 너는 날마다 내게 조금씩 더 가까이 다가올 수 있지."

다음 날 어린 왕자가 다시 왔다.

"항상 같은 시간에 오는 것이 더 좋을 텐데." 여우가 말했다. "예를 들어, 네가 오후 네 시에 온다면 나는 세 시부터 행복해지기 시작할 거야. 시간이 점점 다가올수록 더 행복하게 되겠지. 네 시가 되면 '행복이 이렇게 소중한 것이구나!'라며 들뜬 마음을 가라앉히느라 어쩔 줄 몰라 하겠지. 하지만 네가 아무 때나 온다면 내가 언제부터 마음을 갖추어야 할지 도통 알 수가 없어. 그래서 의식이 필요해."

"의식이 무엇이야?"

"그것도 사람들은 너무 잊고 산단 말이야." 여우가 말했다. "어떤 날이 다른 날과, 어떤 시간을 다른 시간과 다르게 하는 게 의식이야. 예를 들어 나를 사냥하는 사람들에게도 의식이 있지. 사냥꾼들은 목요일에 마을 아가씨들과 춤을 추지. 그래서 목요일은 나에게 신나는 날이야! 안심하고 포도밭까지 산책할 수 있거든. 사냥꾼들이 아무 때나 춤을 춘다면 나에게는 모든 날이 똑같겠지. 하루도 맘 놓고 쉬지 못할 테고."

마침내 어린 왕자는 여우를 길들였다. 그러다가 이별의 시간이 다가오자 여우가 말했다. "아! 나 눈물이 날 것 같아."

"네 잘못이야." 어린 왕자가 말했다. "나는 네 마음을 아프게 할 생각이 없었어. 네가 길들여달라고 해서…."

“맞아!” 여우가 말했다.

“하지만 넌 울게 될 거야.” 어린 왕자가 말했다.

“그것도 맞아!” 여우가 말했다.

“그런데 너는 얻는 게 아무것도 없잖아.” 어린 왕자가 말했다.

“아니야. 얻는 게 있어.” 여우가 말했다. “밀밭 색깔….”

여우는 말을 이어갔다. “장미꽃들을 다시 찾아가보렴. 너의 장미꽃이 세상에서 오직 하나뿐이라는 것을 알게 될 거야. 그런 다음 나에게 다시 와서 작별인사를 하렴. 그러면 선물로 비밀 하나를 알려줄게."

어린 왕자는 장미꽃들을 다시 보러 갔다. "너희들은 나의 장미와 조금도 같지 않아. 너희들은 나에게 의미가 없어." 어린 왕자가 장미꽃들에게 말했다. "누구도 너희들을 길들이지 않았고 너희들 역시 어떤 누구도 길들이지 않았어. 너희들은 내 여우가 과거에 그랬던 것처럼 수많은 여우들과 마찬가지인 한 마리 여우에 불과했던 거야. 하지만 나는 여우를 내 친구로 만들었고 이제 내 여우는 이 세상에서 유일한 여우지."

장미꽃들은 아주 의아해했다.

"너희들은 아름답지만 속이 텅 비었지." 어린 왕자는 한마디를 덧붙였다. "너희들을 위해 죽을 수 있는 사람이 없으니까. 물론 내 장미를 무심코 지나치는 사람도 내 꽃이 너희들처럼 여겨질 수 있겠지. 하지만 내가 내 꽃에게 물을 주었기 때문에, 그리고 내가 내 꽃에게 유리덮개를 씌워주었기 때문에 그 꽃은 너희들 모두보다 더 소중해. 나는 내 꽃을 바람막이로 보호했고 벌레들을 잡아주었어. 나비 때문에 두세 마리의 벌레들은 어쩔 수 없이 남겼지만. 나는 내 꽃이 불평하거나 칭찬하고 가끔 침묵했을 때도 경청했지. 그 꽃은 내 장미니까."

어린 왕자는 다시 여우에게로 돌아왔다. 그리고는 "잘 있어"라고 작별 인사를 했다.

"잘 가." 여우가 말했다.

"내가 선물로 약속했던 비밀은 아주 단순해. 오직 마음으로 보아야 잘 보인다는 거지. 아주 중요한 것은 눈에 보이지 않아."

"아주 중요한 것은 눈에 보이지 않아." 어린 왕자는 여우의 말을 머리에 담아두려고 따라 했다.

"사람들은 이 진리를 잊어버렸어." 여우가 말했다. "하지만 너는 결코 잊지 않았으면 해. 네가 길들인 것은 영원히 책임을 져야 하지. 너는 네 장미꽃을 영원히 책임져야 해…."

"나는 내 장미꽃을 영원히 책임져야 해…." 어린 왕자는 여우의 말을 머릿속에 담기 위해 따라 했다.

어린 왕자와 여우의 대화는 이 책의 하이라이트입니다. 이 장면은 결혼식을 비롯해 우리의 인륜대사에서 자주 인용되고 있습니다. 책의 다른 장면들과는 비교할 수 없을 정도입니다. 어린 왕자와 여우는 대화를 나누며 사랑의 본질을 명쾌하고 전하고 있습니다. 여우는 어린 왕자에게 사랑을 깨닫는 신비한 방법을 알려줍니다. "사랑은 마음으로 봐야 제대로 볼 수 있어. 본질적인 것은 눈에 잘 보이지 않거든."

우리는 마음으로 상대를 볼 때만 그 사람에 대한 나의 사랑을, 그리고 나에 대한 그 사람의 사랑을 느끼게 됩니다. 그리고 마음으로 사람들을 볼 때만 그 사람들 안에 있는 사랑에 대한 절절한 갈망을 알아차릴 수 있습니다.

본질적인 것은 눈에 보이지 않습니다. 우리의 눈이 마음과 이어져야 비로소 실감할 수 있습니다. 생텍쥐페리에게 본질적인 것은 사랑입니다. 사랑은 마음을 통해 사람을 가치 있게 만드는 것입니다.

어린 왕자는 천천히 다가가며 길들이게 된 여우와의 만남에서 자신의 별에 있는 장미를 사랑하고 있음을 깨닫게 됩니다. 사랑이란 다른 사람을 길들이는 것이고 다른 사람과 친밀해지는 것입니다. 그러면서 그 사람은 당신에게 세상에서 하나뿐인 유일한 존재가 됩니다.

그러나 사랑에는 책임이 따릅니다. 우리는 인생을 살면서 친숙하게 길들인 모든 것들에 책임을 져야 합니다. 어린 왕자는 장미꽃이 그를 길들였다는 것을 알게 됩니다. 그래서 장미꽃은 이제 그에게 유일한 존재입니다. 어린 왕자는 확신에 차 다시 장미공원에 가서 이렇게 말합니다. "너희들은 아름답지만 속이 텅 비었지." 여기에서 어린 왕자는 그의 장미꽃이 얼마나 소중한지, 그리고 그가 그 꽃의 모든 것에 책임을 져야 함을 깨닫습니다. 내가 누군가를 친숙하게 길들인다면 나는 그 사람의 인생에 책임이 있다고 생각해야 합니다.

여우는 어린 왕자에게 또 다른 이야기를 합니다. 사랑에는 절차와 격식이 필요하다는 것입니다. 사랑하는 사람과의 만남은 절차와 격식에서 출발합니다. 절차의 하나로 만남의 시간은 중요한 요소입니다. 우리는 사랑하는 사람과 만날 시간을 약속하면 만나기 전부터 행복해집니다. 그리고 정해진 시간을 향해 가면서 사랑이 더욱 절절해짐을 느끼게 됩니다.

사랑은 가슴에서 우러나와야 한다고 하지만 표현하는 것 또한 중요합니다. 표현이란 사랑의 감정을 나타내는 하나의 격식입니다. 격식 역시 절차처럼 사랑을 더욱 돈독하게 합니다. 우리가 이런 절차나 격식 없이 사랑을 하다 보면 그 사랑은 쉽게 사라질 수 있습니다. 사랑은 표현해야 합니다. 그렇지 않으면 사랑의 감도는 날로 떨어지게 마련입니다.

우리는 어린 왕자와 여우의 만남에서 사랑의 마법을 봅니다. 어린 왕자가 마침내 자신에게 하나밖에 없는 장미꽃을 얼마나 사랑하고 있는지를 알게 된 것입니다. 그는 이제 다른 장미꽃들을 보면서 더 이상 울 필요가 없습니다. 그 장미꽃들은 그저 그가 사랑하는 유일한 꽃을 떠올리게 할 뿐입니다.

여우는 어린 왕자가 떠나가도 금빛 밀밭 색깔만 보면 그를 생각하게 됩니다. 우리가 사랑의 마법을 이해한다면 우리가 보는 모든 것, 즉 밀밭 색깔이나 밤하늘에 빛나는 별들은 사랑하는 사람을 머릿속에 떠오르게 합니다.

사랑은 세상을 황홀하게 합니다. 우리가 누군가를 진실로 사랑한다면 세상을 다른 눈으로 보게 됩니다. 우리는 삼라만상의 가장 깊은 근원인 사랑을 마음으로 통찰해야 합니다. 그러면 우리는 세상 모든 존재들의 내면에 있는 본질적인 것을 볼 수 있습니다. 사랑이란 모든 것을 꿰뚫기 때문입니다.

"안녕하세요."
어린 왕자가 말했다.

"안녕." 철도원이 대답했다.

"여기에서 뭐 하는 거죠?" 어린 왕자가 말했다.

"기차 승객들을 1,000명씩 나누고 있단다." 철도원이 말했다. "나는 그 승객들을 실어 나르는 기차들을 한 번은 오른쪽으로, 한 번은 왼쪽으로 보내지." 마침 급행열차 한 대가 환하게 불을 밝히고 천둥소리를 내며 빠르게 지나가 철도원 사무실이 들썩였다.

"승객들이 아주 바쁜가 보네요." 어린 왕자가 말했다. "저 사람들이 무엇을 찾으러 가고 있나요?"

"기관사들도 그건 모른단다." 철도원이 말했다.
그리고 반대 방향에서 또 다른 급행열차가 환하게 불을 켜고 천둥소리를 내며 지나갔다.

"승객들이 벌써 다시 돌아오나요?" 어린 왕자가 물었다.

"이건 같은 기차가 아니란다." 철도원이 말했다. "수시로 바뀌지."

"승객들은 자신들이 살던 곳이 만족스럽지 않나요?"

"사람들은 자신이 사는 곳에 결코 만족하지 않는단다." 철도원이 말했다.

그리고 세 번째 급행열차가 환하게 불을 켜고 천둥소리를 내며 지나갔다.

"저 사람들은 첫 번째 승객들을 쫓아가는 건가요?" 어린 왕자가 물었다.

"쫓아가는 게 아니야." 철도원이 말했다. "사람들은 기차 안에서 잠을 자거나 하품을 하고 있지. 아이들만 창문에 코를 박고 있을 거야."

"아이들만이 자기가 무엇을 찾고 있는지 아는군요." 어린 왕자가 말했다. "아이들은 인형 놀이에 시간을 들이거든요. 그래서 인형이 아이들에게 아주 중요해요. 누가 인형을 빼앗아 가면 소리 내어 울지요."

"아이들은 행복하구나." 철도원이 말했다.

철도원의 이야기는 우리가 조급한 삶에 쫓겨 무엇을 위해 사는지를 망각하는 현실을 보여줍니다. 우리는 너나 할 것 없이 바쁩니다. 대도시의 거리를 따라 거닐다 보면 실감할 수 있습니다. 거리의 사람들은 무언가에 쫓기듯 서둘러 걸어갑니다. 사람들은 일을 하면서 만나는 상대의 얼굴을 똑바로 바라보지 않습니다. 교회의 아름다운 정문이나 공원에 핀 꽃을 보고도 그 자리에 머무르지 않습니다. 사람들에게 아름다움이란 아무런 의미가 없습니다. 그저 무언가를 찾기 위해 서둘기만 합니다. 결국 자신이 찾는 것이 무엇인지 전혀 알지 못합니다. 물건을 사느라, 그리고 되도록 빨리 약속 장소에 가느라 헐레벌떡 돌아다니기만 할 뿐입니다.

사람들의 이런 내면이 어떤지를 아주 잘 드러내는 독일어가 있습니다. '몰아대다(hetzen)'는 단어의 어원은 '증오하다(hassen)'에서 옵니다. 길을 가며 스스로를 몰아대는 사람들은 자기 자신을 미워하고 자신의 삶을 싫어합니다. 여기에 기쁨이란 없습니다. 철도원이 말하듯이 "여기에는 만족이란 없습니다." 사람들은 자신이 현재 있는 곳에 만족하지 않습니다. 사람들은 자신을 몰아대며 어디론가 가고 있어도 결코 만족하지 않습니다. 사람들이 자신에게 만족하지 못한다면 다른 어떤 곳에서도 만족하지 못합니다. 그래서 왜 스스로 만족과 기쁨을 느끼지 못하는지 이유를 알고 싶어 여기저기를 헤맵니다. 그러나 그 원인이 바로 사람들 자신에게 있음을 알아야 합니다. 사람들은 자기 자신이 누구인지 깨닫지 못하고 있습니다. 그래서 스스로를 이곳저곳으로 몰아대지만 아무것도 찾지 못합니다.

어린 왕자는 "아이들만이 자신이 찾는 게 뭔지 아는군요"라고 말합니다. 아이들은 비록 천 조각들로 만들어진 인형이지만 거기에다 공을 들여 시간을 보냅니다. 아이들에게 인형은 함께 시간을 보내고 자신들 삶의 이야기를 거기에 싣기 때문에 중요합니다. 아이들은 겉보기에 전혀 중요하지 않은 것에 시간을 들이는 것 같습니다. 하지만 내면의 정신세계를 정갈하게 가다듬으며 순간순간 집중해서 사는 방법을 우리에게 가르치고 있습니다.

조급한 나머지 자신을 몰아대기 바쁜 사람은 내적으로 딱딱하게 굳어 있어 자아를 탐색하기 어렵습니다. 우리가 숨 가쁜 일상에서 모든 것을 내려놓고 잠시 멈추는 법을 터득한다면 마음을 다스리며 무한한 행복을 누리는 자신을 발견할 수 있습니다. 만족, 기쁨, 남에게 감사하는 마음만으로도 자신을

사랑하는 사람은 물론 건강한 삶을 위해 최선을 다할 줄 아는 능력을 갖게 됩니다.

잠시 멈추시기 바랍니다. 우리의 영혼이 내적으로 아주 풍부해질 것입니다. 그렇게 되면 삶의 목표를 잃은 채 헐레벌떡하며 자신을 몰아대는 불행에서 벗어날 수 있습니다.

사막이 반짝이는 것은 우물이 있기 때문이야

사막에서 비행기가 고장난 지 여드레째가 되는 날이었다. 나는 어린 왕자의 이야기를 귀담아들으면서 아껴두었던 마지막 물 한 방울까지 마셔버렸다.

"아!" 나는 어린 왕자에게 말했다. "네가 겪었던 일들은 정말 흥미롭구나, 그런데 나는 비행기를 아직도 고치지 못했어. 마실 물도 더 이상 없단다. 당장 샘으로 갈 수 있다면 행복할 텐데."

"내 친구 여우는…."

"꼬마 친구야, 지금 여우 이야기를 할 때가 아니야."

"왜?"

"목이 말라 곧 죽게 생겼거든."

어린 왕자는 내 말을 이해하지 못하고 이렇게 대답했다.

"곧 죽게 된다고 해도 친구가 있다는 것은 좋은 일이야. 나는 여우와 같은 친구를 갖게 되어서 아주 기뻐."

"이 아이는 우리가 얼마나 위험한 상황에 놓여 있는지 전혀 모르는구나." 나는 혼잣말을 했다. "배도 안 고프고 목이 마르지도 않는가 봐. 햇빛만 약간 있으면 되는 모양이네."

그러나 어린 왕자가 나를 쳐다보더니 내 생각을 꿰고 있다는 듯이 대답했다.

"나도 목이 말라. 우물을 찾으러 가자."

나는 허덕대며 손사래를 쳤다. 사막에서 운에 맡긴 채 우물을 찾는 것은 무모한 짓이었다. 그래도 우리는 걷기 시작했다.

우리는 한동안 말없이 걸었다. 밤이 내려앉았고 별이 반짝이기 시작했다. 나는 목이 마르고 열이 조금 나는 것 같아 이 모든 게 꿈처럼 느껴졌다. 어린 왕자의 말들이 내 기억 속에서 춤을 추고 있었다.

"너도 목이 마르지. 그렇지 않니?" 나는 어린 왕자에게 물었다.

그는 대답하지 않고 이렇게 말했다.
“물은 마음에도 좋아.”

나는 무슨 말인지 몰라 순간 입을 다물었다.
그의 말을 끊어서는 안 된다는 것을 잘 알고 있었기 때문이었다.

어린 왕자는 몹시 피곤했다. 그는 주저앉았다. 나는 그 옆에 앉았다. 잠깐의 정적이 깨지고, 어린 왕자가 다시 말의 실마리를 풀어나갔다. “별들이 아름다운 건 눈에 보이지 않는 한 송이 꽃 때문이야.”

“그렇지.” 나는 대답했다. 그러면서 달빛 아래 출렁이는 모래 물결을 말없이 바라보았다.

“사막은 아름다워.” 어린 왕자는 말을 이어갔다.

맞는 말이다! 나는 사막을 늘 좋아했다. 모래 언덕에 앉아 있으면 아무것도 보이지 않고 아무것도 들리지 않는다. 그러나 그 고요함에서 무언가가 빛난다.

“사막이 아름다운 것은….” 어린 왕자가 말했다. “어디엔가 우물을 숨기고 있기 때문이야.”

나는 사막의 모래에서 신비하게 빛이 반짝이는 것을 깨닫고는 깜짝 놀랐다. 나는 어린 시절 아주 오래된 집에서 살았다. 사람들이 전하는 이야기에 의하면, 그 집에는 보물이 숨겨져 있다고 했다. 물론 아무도 보물을 발견하지 못했다. 아마 누구도 보물을 찾으려 하지 않았던 것 같다. 하지만 그 보물로 인해 우리 집은 신비에 싸이게 되었다. 집 깊숙한 곳에는 언제나 비밀이 숨겨져 있었기 때문이다.

"그래." 나는 어린 왕자에게 말했다. "집이든 별이든 사막이든 그것을 아름답게 하는 것은 눈에 보이지 않아."

"내 여우와 같은 생각을 하고 있다니 이렇게 기쁠 수가…."
어린 왕자가 말했다.

나는 어린 왕자가 잠이 들어 팔에 그를 안고 계속 걸어갔다. 내가 자칫하면 부서지기 쉬운 보물을 안고 가고 있다는 생각이 불현듯 떠올랐을 때는 온몸에 감동이 휩싸였다. 세상에 이보다 더 부서지기 쉬운 게 있을까 하는 느낌마저 들었다. 나는 달빛 아래서 어린 왕자의 창백한 얼굴, 감긴 눈, 바람에 휘날리는 머리칼을 바라보았다.

"내가 지금 보고 있는 것은 껍데기일 뿐이야. 가장 중요한 것은 눈에 보이지 않아."

약간 열린 어린 왕자의 입술에 흐릿흐릿 미소가 번지는 것을 보고 나는 또 생각했다.

"내가 잠든 어린 왕자를 보며 이렇게 감동하는 것은 장미꽃 한 송이에 자신을 바치는 그의 성실한 마음 때문이야. 비록 잠을 자고 있어도 그의 가슴속에는 그 꽃이 밝게 타오르는 등불처럼 그를 비춰주고 있지."

돌연 어린 왕자가 더욱 부서지기 쉬운 존재로 느껴졌다.

"등불을 단단히 지켜줘야 해. 한 차례 바람만 불어도 불이 꺼질 수 있으니까."

나는 계속 걸었다. 동이 틀 무렵에야 우물을 발견했다.

어린 왕자는 여우에 이어 비행사를 만나 새로운 화두를 펼쳐나갑니다. 어린 왕자는 우정을 갖게 된 자신에게 무척 기뻐합니다. 그렇습니다. 우리가 친구를 가지고 있다면 죽음을 앞두고도 전혀 두려워할 필요가 없습니다.

어린 왕자는 목이 말라 죽을 지경임에도 자신이 사랑하는 소중한 꽃을 이야기 합니다. 또 밤하늘에 사막의 모래가 빛을 발하며 반짝이는 비밀에 깊은 관심을 드러냅니다. "사막을 더욱 아름답게 하는 것은 어디엔가 우물을 숨기고 있기 때문이야." 그야말로 희망에 찬 긍정적인 생각입니다.

우리의 삶은 항상 갈증에 메말라 있어 자주 사막에 비유됩니다. 그래서 누구에게나 일상이 무언가를 찾아 헤매는 것처럼 느껴집니다. 우리의 내면은 바짝 말라가고 있습니다. "어디엔가 우물이 있습니다." 이 한마디는 삭막한 삶에서 탈출구를 찾고자 하는 우리에게 청량제 같은 것입니다. 사막이나 다름없는 우리의 삶 한가운데에서 우물을 찾는다면 새로운 광채를 얻게 되는 것이나 마찬가지입니다. 삶은 꽃을 만개하며 하염없이 빛날 것입니다.

어린 왕자는 비행사에게 어린 시절의 추억을 떠올리게 합니다. 비행사는 보물이 숨겨져 있는 집에서 살았습니다. 보물이란 참된 자아를 의미합니다. 우리는 오로지 겉만 보며 쳇바퀴 돌듯이 하루하루를 살고 있습니다. 하지만 우리 안에는 소중한 보물이 있고, 우리 영혼 깊은 곳에는 근원적이고 참된 자아가 자리하고 있음을 유념하며 살아야 합니다. 우리가 영혼의 깊은 곳으로 내려갈 때 비로소 보물을 만나게 됩니다. 다시 말해, 그곳에서 어린 왕자가 말하는 우물을 발견하는 것입니다.

우리가 영혼의 깊은 곳에 있는 보물이나 우물을 눈으로는 볼 수 없습니다. 어린 왕자는 "눈이 아니라 마음으로 봐야 보인다"는 여우의 말을 깊이 새깁니다. 참된 것은 눈으로 볼 수 없고 그 이면의 아름다움 역시 눈으로 볼 수 없습니다. 비행사는 잠자는 어린 왕자의 얼굴에서 눈으로 볼 수 없는 것을 봅니다. 세상에서 하나뿐인 장미꽃 한 송이를 향한 어린 왕자의 진솔한 사랑이 등불처럼 그의 얼굴을 환하게 밝히고 있는 것을…. 비행사는 그러한 신비를 깨닫고 나서야 지금까지 헛되이 헤매면서도 찾지 못했던 사막의 우물을 발견했습니다. 누구든 자신의 영혼 깊은 곳에서 우물을 찾는다면 인생이 아무리 고달파도 활기차게 헤쳐나갈 생명수를 얻을 수 있습니다.

만나고, 헤어지고,
두려워지면… 울어야 한다

"사람들은 급행열차에 올라타면서 자신이 무엇을 찾으려 하는지 알지 못해. 그래서 삶이 초조하고 불안하고 제자리를 맴돌고 있지." 어린 왕자가 말했다.

그리고는 덧붙여 말했다.

"그래 봤자 아무 소용이 없는데…."

우리가 찾아낸 우물은 사하라 사막의 다른 우물들과는 달랐다. 사막의 우물은 누군가가 파놓은 모래 안에 그저 구멍을 파놓은 것들이다. 하지만 이 우물은 사람들이 사는 마을에나 있는 그런 우물 같았다. 그러나 아무리 둘러봐도 마을이라곤 없었다. 나는 꿈을 꾸고 있는 게 아닌가 했다.

"이상하네." 나는 어린 왕자에게 말했다. "모든 게 다 있잖아. 도르래와 두레박에 밧줄까지…."

어린 왕자는 웃으며 줄을 잡고 도르래를 이리저리 움직였다. 오랫동안 불지 않았던 바람이 일기 시작할 때 낡은 풍차가 삐걱거리듯이 도르래가 삐걱하는 소리를 냈다.

"들리지?" 어린 왕자가 말했다. "우리가 잠을 깨우니까 우물이 노래를 하잖아."

나는 어린 왕자를 너무 힘들게 하고 싶지 않았다. "내가 할게." 나는 그에게 말했다. "너한테는 너무 무거워."

나는 천천히 두레박을 끌어올려 우물가에 올려놓았다. 내 귀에는 도르래의 노래 소리가 계속 울렸고, 여전히 출렁대는 두레박의 물에서 햇살이 일렁이는 것을 보았다.

"이 물을 마시고 싶어. 내게 물을 줘." 어린 왕자가 말했다.

나는 그가 무엇을 찾고 있었는지를 알아차렸다! 나는 두레박을 그의 입술로 가져갔다. 어린 왕자는 눈을 감고 물을 마셨다.

물은 축제처럼 달콤했다. 흔히 먹는 물과는 분명 달랐다. 이 물은 밤하늘의 별빛을 쐬면서 걸어와 도르래의 노래 소리를 들으며 내 팔로 들어 올린 것이었다. 마치 선물을 받은 것처럼 마음이 흐뭇했다. 내가 어린아이였을 때, 크리스마스트리의 불빛, 자정 미사의 음악, 따뜻한 미소 같은 것이 크리스마스 선물을 더욱 반갑게 했던 것처럼 말이다.

"이곳 지구 사람들은 5천 송이나 되는 장미꽃을 하나의 정원에서 가꾸고 있던데…. 그러나 그들이 찾고자 하는 것을 거기에서 발견하지 못해." 어린 왕자가 말했다.

"맞아." 나는 대답했다.

"하지만 사람들이 찾고자 하는 것은 단 한 송이의 장미꽃이나 한 모금의 물에서 발견할 수 있는데…."

"그렇지." 나는 대답했다.

어린 왕자는 말을 이어갔다. "그러나 눈으로는 보이지 않아. 마음으로 찾아야만 해."

나는 물을 마시고 깊이 숨을 내쉬었다. 사막의 모래는 해가 떠오르면서 꿀 빛깔로 변했다. 나는 이 꿀 빛 속에서 마냥 행복했다. 도대체 나는 무엇 때문에 괴로워했던가?

"약속을 꼭 지켜줘." 어린 왕자는 내 곁으로 다가와 살포시 말했다.

"무슨 약속?"

"있잖아, 내 양에 씌워줄 입마개 말이야. 나는 내 꽃에 책임을 져야해!"

나는 주머니에서 대충 그려놓았던 그림들을 꺼냈다. 어린 왕자는 그것들을 보더니 웃으면서 말했다. "이 바오바브나무는 양배추처럼 생겼어."

"오호, 저런!" 나는 바오바브나무들을 그토록 자랑스럽게 여기고 있었는데….

"이 여우는…. 귀를 보라고, 뿔처럼 생겼잖아. 귀가 너무 길어!" 어린 왕자는 또 한 번 웃었다.

"너무하는 거 아니니? 꼬마야. 나는 속이 보이거나 보이지 않는 보아뱀 말고 다른 것은 그릴 수 없다고!"

"아, 괜찮아." 어린 왕자는 말했다. "아이들이라면 다 이해해."

그럼에도 나는 연필로 입마개를 그렸다. 그에게 그림을 건네줄 때는 심장이 오그라드는 것 같았다.

"너, 내가 알지 못하는 계획이 있구나…."

그러나 어린 왕자는 대답하지 않았다. 그는 나에게 말했다. "아저씨는 알잖아. 내가 지구에 떨어졌다는 사실을…. 내일이면 정확히 1년이야."

그는 잠시 침묵하더니 다시 말했다. " 바로 이 근처에 떨어졌었지."

그리고는 얼굴을 붉혔다.

나에게 까닭 모를 이상한 슬픔이 스쳐갔다. 그러면서 한 가지 의문이 떠올랐다. "여드레 전 아침 내가 너를 처음 만났을 때, 사람들이 사는 마을에서 수천 킬로미터 떨어진 이곳을 혼자 여기저기 돌아다녔던 것은 우연이 아니구나! 너는 처음 떨어졌던 곳으로 되돌아갈 참이었지?"

어린 왕자는 다시 얼굴을 붉혔다.

그리고 나는 머뭇거리며 말을 이었다. "1년이 되어서 그런 거니?"

어린 왕자는 또다시 얼굴이 붉어졌다. 그는 물음에 대답하지 않았다. 그러나 사람이 얼굴을 붉힌다면 '그렇다'는 뜻에 가깝다. 그렇지 않은가?

"아! 두려워지는구나 …."

그러자 어린 왕자는 대답했다. "이제 일하러 가야지. 비행기 있는 데로 되돌아가야 하잖아. 나는 여기에서 기다릴게. 내일 저녁에 다시 와."

그러나 나는 마음을 진정시킬 수 없었다. 여우가 생각났다. 누군가에게 한번 길들여지면 좀 울어야만 한다는 것이….

어린 왕자는 두레박을 우물에 던지면서 도르래에서 노래를 듣습니다. 어린 왕자는 어른인 생텍쥐페리보다 더 많이 보고 들을 수 있습니다. 어린 왕자에게는 눈에 보이지 않는 모든 것들이 신비스럽기만 합니다. 도르래의 삐걱거리는 소리는 어린 왕자에게 노래가 되었습니다. 어린 왕자는 우물과 대등하고 온전한 관계를 맺었기에 우물을 잠에서 깨웠습니다. 우리가 아무리 보잘것없는 소박한 꽃일지라도 관계를 맺으면 이 꽃이 삶을 향해 정진할 수 있게 깨워줍니다. 우리는 누군가와 관계를 맺으면서 그 사람이 긍정적이고 진취적으로 삶을 영위할 수 있게 깨울 수 있습니다.

"나에게 마실 물을 줘요"라는 어린 왕자의 말은 예수님을 떠오르게 합니다. 예수님께서는 야곱의 우물에서 사마리아 여인에게 "나에게 마실 물을 좀 다오"(요한 4장 7절)라고 말하십니다. 예수님에게 물이란 살아 숨쉬는 '생명의 물'을 뜻합니다. '생명의 물'은 마시는 사람의 내면에서 솟아나는 성스러운 것이라서 결코 마르지 않습니다. 어린 왕자는 비행사의 말에서 그가 어린 시절 품었던 사랑에 대한 갈증을 알게 됩니다.

그리고 그 갈증을 풀어줄 물을 떠올립니다. 물은 마음을 진정시키는 데 아주 그만입니다. 비행사는 어린 시절을 회상합니다. 그에게 자신의 삶을 밝게 비추는 원초적인 빛은 크리스마스트리의 불빛들, 자정 미사의 음악, 따뜻한 미소였습니다. 비행사는 축제처럼 달콤한 물을 마시면서 이렇게 어릴 적 크리스마스 선물을 받았던 순간을 떠올렸던 것입니다.

어린 왕자의 눈으로 보는 세상은 모든 게 황홀합니다. 사람들은 잇속을 좇으며 온갖 곳을 뒤져 무언가를 찾고자 했지만 결코 발견할 수 없었습니다. 하지만 어린 왕자는 그런 것을 단 한 송이의 꽃과 물 한 모금에서 발견합니다. 우리는 어린 왕자처럼 마음으로 원하는 것을 찾아야만 합니다. 물이 무엇인지 모르면서 물을 찾기 위해 여행을 떠나는 사람들이 숱합니다. 하지만 그런 사람들은 물을 발견할 수 없습니다. 마음으로 물을 찾는 사람은 생명의 물을 자신의 내면에서 찾아냅니다. 물이 자신의 고유한 내면에서 솟아오를 때 사랑의 희열을 만끽하면서 생명의 진정한 의미를 깨닫게 됩니다.

어린 왕자와 비행사 사이에 흘렀던 촉촉했던 감정이 달라지기 시작합니다. 어린 왕자는 양에게 입마개를 그려주기로 한 비행사의 약속을 거론합니다. 비행사는 이에 머지않아 어린 왕자와 헤어지리라는 것을 직감합니다. 어린 왕자는 1년 전 사하라 사막의 우물 근처에 떨어졌습니다. 그는 이제 자신

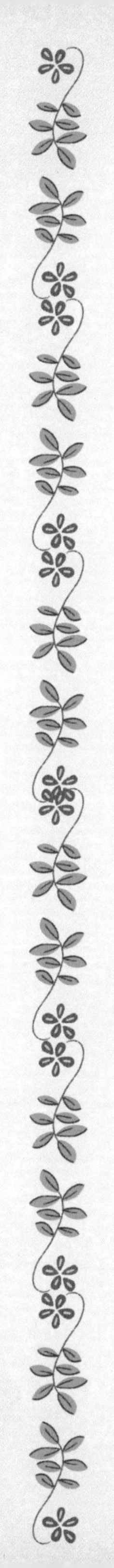

이 사랑하는 장미꽃에게로 돌아가고 싶어 합니다. 비행사는 자신이 이 작은 아이를 정말로 사랑하게 되었음을 알게 됩니다. 이 아이에 의해 자신이 길들여지게 되었다는 것을 깨달은 것입니다. 그래서 그는 울 수밖에 없습니다. 사랑하는 사람과 헤어진다는 게 눈물 없이는 가능하지 않기 때문입니다.

당신의 별들은 언제나 웃고 있어

우물 옆에는 허물어져 폐허나 다름없는 돌담이 있었다. 다음 날 저녁 나는 일을 마치고 돌아올 때 어린 왕자가 저만치 돌담 위에 앉아 다리를 흔들고 있는 것을 보았다. 그리고 그의 말소리가 들렸다.

"그곳이 생각이 나지 않는단 말이니? 여기가 아니잖아."

분명히 다른 목소리가 그와 말을 주고받고 있었다. 어린 왕자가 대답했다. "그래! 그래! 날짜는 정확하지만 장소가 달라."

나는 돌담 쪽으로 다가갔다. 아무도 보이지 않고 목소리도 들리지 않았다. 하지만 어린 왕자는 다시 대꾸하고 있었다. "맞아. 모래 위에 내 발자국이 시작되는 곳을 찾아보란 말이야. 거기에서 나를 기다리고 있으면 돼. 내가 오늘 밤 그리로 갈 테니까."

나는 돌담에서 약 20미터 정도 떨어져 있었다. 여전히 아무것도 보이지 않았다. 어린 왕자는 잠시 뜸을 들인 후 또다시

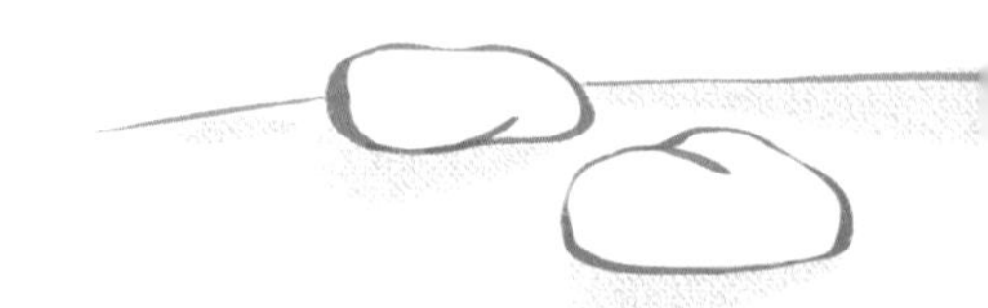

말을 꺼냈다. "네가 지닌 독은 강하니? 나를 오랫동안 아프게 하지 않을 자신 있지?"

나는 심장이 오그라드는 것 같아 걸음을 멈추었다. 하지만 어찌된 영문인지는 알 길이 없었다.

"자, 그럼 이제 가봐." 어린 왕자가 말했다. "나 내려가야겠어."

나는 돌담 밑을 내려다보고 펄쩍 뛰다시피 놀랐다! 거기에는 노란 뱀 한 마리가 어린 왕자를 향해 머리를 곤두세우고 있었다. 30초 안에 사람을 죽일 수 있는 그런 뱀이었다. 나는 권총을 꺼내려 주머니를 뒤져가며 달려갔다. 그러나 뱀은 내 발자국 소리에 놀랐는지 마치 분수가 가라앉듯이 모래 속으로 슬며시 사라져버렸다. 뱀은 별로 서두르지 않았고 가벼운 쇳소리를 내며 돌 틈 사이로 기어서 모습을 감췄다.

나는 돌담에 다다른 순간 얼굴이 새하얗게 질려 있는 작은 꼬마를 간신히 품 안에 안을 수 있었다.

"도대체 무슨 일이야! 뱀과 이야기를 하고 있었잖아!"

나는 어린 왕자가 항상 목에 걸고 있던 금빛 목도리를 풀어 그의 관자놀이를 물로 적시고 물을 먹여주었다. 그러나 나는

그에게 감히 뭐라고 물
어볼 엄두가 나지 않
았다. 어린 왕자는
나를 숙연하게 쳐
다보더니 두 팔로
내 목을 끌어안았다.
어린 왕자의 심장이 총
에 맞아 죽어가는 새처럼
뛰고 있는 것 같았다. 그는 나에게
말했다. "아저씨가 고장 난 비행기를 다 고쳐서 참 기뻐. 이제
집으로 돌아갈 수 있겠네."

"그걸 어떻게 알았지?" 그렇지 않아도 나는 도저히 고치지 못할 것 같았던 비행기 수리를 성공적으로 해냈다는 말을 막 하려던 참이었다.

어린 왕자는 아무런 대답도 않고 말을 이어갔다. "나도 오늘 집으로 돌아가…." 그러더니 다소 울적해하며 외마디를 쏟아냈다.

"아저씨의 집보다 훨씬 더 멀고…, 가기도 훨씬 더 어려워."

나는 무언가 심상치 않은 일이 벌어지고 있음을 감지했다.

내가 어린 왕자를 아기처럼 품에 꼭 안고 있었지만 그는 내가 붙잡지 못할 어딘가 아주 깊은 곳으로 떨어져가고 있는 것 같았다. 어린 왕자는 진지한 눈빛으로 저 먼 곳을 바라보고 있었다.

"내겐 아저씨가 준 양이 있어. 그리고 양을 넣어 둘 상자하고 입마개도 있어."

어린 왕자는 우울한 미소를 지었다.

"나의 꼬마야, 무서웠나 보구나."

어린 왕자는 정말 무서웠던 것이다! 그러자 그가 상냥하게 웃으며 말했다. "오늘 밤엔 훨씬 더 무서울 거야…."

더 이상 돌이킬 수 없는 일이라는 절망감에 나는 다시 온몸이 오싹해졌다. 그리고 이 웃음소리를 더 이상 들을 수 없다면 나 자신이 도저히 견디지 못할 것이라는 생각이 스치고 지나갔다. 어린 왕자의 웃음소리는 나에게 사막의 샘물이나 다름없었다.

"어린 꼬마야, 네 웃음소리를 한 번 더 듣고 싶구나."

그러나 어린 왕자는 내게 말했다. "오늘 밤이면 내가 여기에 온 지 꼭 1년이 돼. 내가 작년에 떨어졌던 곳 바로 위에 내 별이 있을 거야."

"얘야, 뱀과 만나 약속한 것이나 별 이야기는 그냥 나쁜 꿈을 꾼 것이 아닐까?"

어린 왕자는 내 물음에 대답하지 않고 말했다.

"중요한 것은 눈으로 볼 수 없다는 거야."

"물론이지…."

"꽃도 마찬가지야. 만약 어느 별에 있는 꽃 하나를 사랑한다면 밤하늘을 쳐다만 봐도 마음이 푸근해지지. 어느 별에나 꽃이 있을 테니까."

"그렇지."

"물도 마찬가지야. 아저씨가 내게 마시라고 준 물은 마치 음악 같았어. 도르래와 밧줄 덕분이지…. 아마 기억할 거야…. 물맛이 기막혔거든."

"맞아."

"아저씨는 밤이 되면 별들을 보겠지. 내 별은 너무 작아서 어디에 있는지 알려 줄 수 없어. 오히려 잘된 일이야. 내 별은 아저씨에게 수많은 별들 중의 하나일 테니까. 그러면 아저씨는 어느 별을 보든 사랑하게 될 거야. 결국 모든 별들이 아저씨의 친구가 되겠지. 그리고 아저씨에 줄 선물이 있어…."

그는 한 번 더 웃었다.

"아! 꼬마야, 나의 귀여운 꼬마야. 웃음소리가 너무 좋구나."

"바로 그게 내 선물이야. 물도 마찬가지지."

"무슨 말을 하는 거니?"

"사람들은 별을 바라보지만 다 같은 별이 아니야. 여행하는 사람에게 별은 길잡이야. 다른 사람에게는 작은 빛일 뿐이야. 그리고 학자들은 별을 연구하고 사업가는 별에 황금 같은 가치를 매기지. 그러나 별들은 다 말이 없어. 아저씨는 누구도 가지지 못한 별들을 갖게 될 거야."

"그게 무슨 말이야?"

"아저씨가 밤하늘을 바라볼 때면 내가 그 별들 중 하나에서 살고 있고 그 별들 중 하나에서 웃고 있을 거야. 그러면 아저씨에겐 모든 별들이 웃는 것처럼 보일 거야. 결국 아저씨만이 웃을 수 있는 별들을 갖게 되는 거지!"

그는 또 웃었다.

"그리고 슬픔이 가시고 나면(슬픔은 가시게 마련이야), 아저씨는 나를 알게 된 것을 기뻐하게 될 거야. 아저씨는 언제나 내 친구로 남아 있겠고, 나와 함께 웃고 싶어 하겠지. 그래서 재미 삼아 가끔 창문을 열 거야. 친구들은 하늘을 보며 웃고 있는 아저씨를 보고는 깜짝 놀랄 거야. 그러면 아저씨는 친구들에게 이렇게 말하겠지. '그래, 나는 별들을 보면 웃음이 나와.' 친구들은 아저씨가 미쳤다고 생각할지도 몰라. 그렇게 되면 내 장난이 너무 심한 것 아닌가…."

어린 왕자는 다시 웃었다.

"그렇다면 나는 별이 아니라 웃을 수 있는 조그만 방울들을 아저씨에게 잔뜩 안

겨준 셈이지."

그러더니 어린 왕자의 표정이 이내 진지해졌다.

"오늘 밤은…. 아저씨, 정말 오지 마."

"나는 너를 혼자 두지 않을 거야."

"내가 잘못된 것처럼 보일 거야. 내가 죽은 것처럼 보일 수도 있어. 그게 많이 다른 건 아니지. 너에게 보이기 싫으니 오지 마. 아무 소용없어."

"나는 결코 너를 혼자 두지 않을 거야."

어린 왕자는 걱정하고 있었다.

"내가 이렇게 말하는 것은 사실 뱀 때문이야. 뱀이 아저씨까지 물 수 있거든. 뱀은 못된 구석이 있어. 가끔 재미로 물거든."

"그래도 나는 너를 혼자 두지 않을 거야."

문득 어떤 생각을 했는지, 어린 왕자는 안도하는 듯했다.

"하긴 두 번째 물면 독이 약해지니까."

그날 밤 나는 어린 왕자가 떠나는 것을 알아채지 못했다. 그는 소리 없이 일어났다. 내가 그를 뒤쫓아 갔을 때 그는 무언가 작정한 듯 잰걸음으로 나아가고 있었다. 어린 왕자는 이렇게만 말했다. "아! 아저씨가 왔네…." 그리고 내 손을 꼭 잡았다. 그러면서 걱정스러운 한마디를 건넸다. "잘못된 일이야. 아저씨 마음이 아플 테니까 말이야. 내가 죽은 것처럼 보이겠지만 정말로 그렇지는 않아."

나는 아무 말도 하지 않았다.

"잘 알겠지만 거긴 너무 멀어. 나는 이 몸으로 갈 수가 없거든. 너무 무겁거든."

나는 입을 다물었다.

"그건 사람들이 두고 가는 낡은 껍데기나 같은 거야. 낡은 껍데기를 남겨놓았다고 해서 슬퍼할 필요는 없지."

나의 침묵은 이어졌다.

어린 왕자는 풀이 좀 죽어 있는 듯했다. 그러나 다시 힘을 살려보려고 애썼다.

"틀림없이 재미있을 거야! 나도 별들을 바라볼게. 모든 별들이 녹슨 도르래가 있는 우물이 되겠지. 모든 별들이 나에게 마실 물을 선물할 거야."

나는 아무 말도 하지 않았다.

"정말 재미있을 거야! 아저씨는 5억 개나 되는 방울들을 갖게 되고, 나는 5억 개의 우물들을 갖게 될 거니까…."

그러고는 그 역시 아무 말도 하지 않았다. 울음이 터져 나왔기 때문이다.

"바로 저기야. 몇 걸음은 혼자 갈 테니 보기만 해."

그리고 그는 좀 가더니 주저앉았다. 두려웠던 것이다. 그는 다시 이렇게 말했다. "아저씨는 알지 내 꽃. 나는 내 꽃에 책임이 있어! 그런데 내 꽃은 정말로 연약하단 말이야! 그리고 너무 순진하지. 내 꽃이 가진 것이라고는 가시 네 개밖에 없어. 그걸로 세상에서 자신을 보호해야 하니…."

나도 주저앉았다. 더 이상 서 있을 수 없었다.

그는 말했다. "그래. 이게 다야."

그는 잠시 머뭇거리더니 일어서 한 걸음을 내딛었다.
나는 꼼짝도 할 수 없었다.

어린 왕자의 발목에서 노란 빛이 반짝이며 스쳐 지나갔다. 어린 왕자는 한동안 움직이지 않은 채 서 있었다. 비명도 지르지 않았다. 그는 한 그루 나무가 넘어지듯이 천천히 쓰러졌다. 모래밭이라서 소리조차 나지 않았다.

어린 왕자가 떠나간 지 벌써 여섯 해가 지나갔다. 나는 이 이야기를 누구한테도 해본 적이 없다. 친구들은 내가 살아서 다시 만날 수 있게 되자 무척 기뻐했다. 나는 슬펐지만 친구들에게 그저 "피곤해서 그렇다"고 했다.

그런 사이 내 슬픔은 점점 가셔갔다. 물론 그렇다고 해서 슬픔이 완전히 가신 것은 아니었다. 그러나 나는 어린 왕자가 자신의 별로 되돌아갔음을 확신하고 있다. 다음 날 해가 뜰 무렵 그의 몸을 찾아 볼 수 없었으니까. 그다지 몸이 무겁지는 않았었지…. 그래서 나는 밤이면 별들의 소리를 듣기를 좋아한다. 그것들은 5억 개나 되는 조그만 방울들 같다.

그렇지만 이상하게도 나는 다시 걱정거리에 빠져들었다. 내가 어린 왕자에게 입마개를 그려주면서 가죽 끈을 다는 것을 깜박했던 것이다! 그는 양에게 입마개를 씌우지 못했을 것이다. 그래서 나는 이렇게 혼잣말로 곱씹어보곤 한다. "그의 별에서 과연 어떤 일이 벌어졌을까? 혹시 양이 꽃을 먹어치운 것은 아닐까…."

때로는 이렇게 중얼거린다. "당연히 그래서는 안 되지! 어린 왕자는 자신이 사랑하고 장미꽃에 밤마다 유리 덮개를 씌우고 있을 거야. 양이 접근할 수 없게끔 말이야." 그러면 나는 행복해진다. 모든 별들도 덩달아 살포시 웃는다.

이렇게 생각할 때도 있다. "사람은 가끔 멍하니 정신 줄을 놓을 때가 있잖아. 그러면 큰일인데! 어느 날 밤 어린 왕자가 유리 덮개 씌우는 것을 잊어버리거나 양이 소리 없이 상자를 부수고 나올 수도 있잖아." 그러면 밤하늘의 조그만 방울들이 슬피 울었다.

그야말로 엄청난 수수께끼다. 어린 왕자를 사랑하는 나에게나 여러분에게나 우주 어디에선가 우리가 알지 못하는 사이 양이 장미꽃 한 송이를 먹었느냐 먹지 않았느냐에 따라 세상 모든 게 온통 달라져버리니 말이다.

하늘을 바라보라. 그리고 스스로에게 물어보라. "양이 그 꽃을 먹었을까? 아니면 먹지 않았을까?" 그에 따라 세상이 얼마나 달라지는지를 알게 될 것이다. 그러나 어른들은 이런 질문이 얼마나 중요한지를 깨닫지 못할 것이다.

이 그림은 나에게 가장 아름답고 가장 쓸쓸한 세상의 풍경이다. 앞면의 그림과 같은 것이지만 여러분에게 제대로 보여주기 위하여 한 번 더 그렸다. 어린 왕자가 이 땅에 나타났다가 사라졌던 곳이 바로 여기이다.

여러분이 언젠가 아프리카의 사막을 여행하게 된다면 이곳을 알아볼 수 있도록 주의 깊게 살펴봐주길 당부한다. 그리고 이곳을 지나게 된다면 서둘러 떠나지 말고 잠시 별 아래에서서 머물러주기를 바란다! 혹시라도 잘 웃고 금발머리에 대답을 잘 하지 않는 아이를 만난다면 그 아이가 어린 왕자임을 확신해도 될 것이다. 그렇게 되면 제발 부탁한다. 이토록 슬퍼하는 나를 이대로 버려두지 말고 편지 한 통 보내주기를….
어린 왕자가 돌아왔노라고!

비행사는 어린 왕자가 눈에 보이지 않는 어떤 것과 말하는 장면을 목격합니다. 그가 노란 뱀을 직접 보고 나서야 비로소 어린 왕자가 뱀과 말하고 있었음을 알게 됩니다. 비행사는 그런 다음 어린 왕자가 지구를 떠나 자신의 별에 있는 단 하나뿐인 장미에게로 되돌아가리라는 것을 곧바로 알아차립니다. 슬픔이 절절 배어나는 이별의 순간을 피할 수 없게 된 것입니다.

어린 왕자에게는 두 가지 감정, 즉 자신의 꽃을 사랑하는 마음과 지구에서 친숙해진 비행사와의 우정이 교차합니다. 또 뱀, 그리고 죽음을 눈앞에 두고 두려움을 느낍니다. 그러나 어린 왕자는 죽음만이 자신의 별로 되돌아갈 수 있는 유일한 방법임을 잘 알고 있습니다. 비록 왜소하지만 그의 몸은 무거워 기나긴 여행을 할 수가 없습니다.

어린 왕자는 비행사에게 우리가 보지 못하는 소중한 하나를 다시 한 번 언급합니다. 바로 사랑입니다. 우리 마음에 사랑이 있다면 우리는 이 사랑을 어느 곳에서나 볼 수 있습니다. 밤하늘을 바라보는 것은 그래서 사랑스러운 일입니다. 우리가 모든 별들 속에서 사랑하는 사람들을 볼 수 있기 때문입니다. 결국 모든 별들은 친구가 됩니다. 어린 왕자가 작가에게 준 선물은 그의 웃음입니다. 너무나 맑고 순수해서 비행사의 마음을 움직였던 것입니다. 결코 잊을 수 없는 웃음입니다. 어린 왕자가 지금 떠나더라도 그의 웃음은 이 자리에 머물러 있을 것입니다. 비행사가 밤마다 별들을 바라본다면 수많은 별들 중 하나에서 어린 왕자가 웃고 있을 게 아닙니까? 따라서 별들 모두가 웃는 셈이 됩니다.

슬픔은 마지막을 예고하는 게 아닙니다. 어느 곳에서든 상대와 만남의 여지를 남겨두는 징표입니다. 여기에서 별은 이 만남의 고리를 의미합니다. 별은 사랑하는 사람들에게 웃어주고 그들을 웃게 하는 작은 방울과 같습니다. 슬픔을 남기고 떠난 가족, 이웃, 친구들은 언제나 사랑하는 사람으로 되돌아오게 됩니다. 사랑하는 사람의 삶은 그들의 웃음과 환희로 충만해집니다.

생텍쥐페리는 어린 왕자가 자신의 별로 되돌아간 후 6년 동안 그의 삶이 달라졌음을 실감합니다. 그는 지금도 밤이면 하늘을 바라봅니다. 밤마다 반짝이는 모든 별들은 그에게 어린 꼬마친구와 기쁨과 사랑으로 가득 찬 그의 웃음을 떠오르게 합니다.

그는 어린 왕자가 자신의 별로 돌아갔다고 확신합니다. 다음 날 동이 트자 어린 왕자의 몸을 다시 볼 수 없었기 때문입니다. 이는 내게 예수님의 부활을 암시하는 것으로 다가옵니다. 예수님의 무덤도 비어 있었습니다. 마리아를 비롯한 여인들은 예수님의 시체를 발견할 수 없었습니다. 어린 왕자의 이야기 속에서도 이렇게 부활의 신비를 엿볼 수 있습니다.

부활의 의미는 사랑이 죽음보다 더 강하다는 데 있습니다. 생텍쥐페리는 별을 바라보며 그 의미를 전하고 있습니다. 그는 모든 별들에서 어린 왕자의 사랑이 묻어나고 있음을 생생하게 그리고 있습니다. 그러면서 자신의 꼬마 친구가 정말 하나밖에 없는 장미꽃을 찾아 안식처로 되돌아갔다고 믿습니다.

프랑스 철학자 가브리엘 마르셀은 이렇게 말합니다.

"사랑한다는 의미는 당신이 결코 죽지 않는다고 말하는 것이다."

《어린 왕자》에서도 비슷한 내용이 나옵니다. 사랑은 죽음보다 강합니다. 사랑은 죽지 않습니다. 사람이 죽어 사라지더라도 말입니다. 사랑하는 사람은 생텍쥐페리가 그려냈듯이 각각 나름의 별을 가지고 있습니다.

생텍쥐페리와 사라진 어린 왕자의 인연은 곧 사랑입니다. 그리고 둘 사이에는 면면히 사랑이 이어지고 있습니다. 무수한 별들이 우리 안에 있는 그런 사랑에 대한 갈망을 일깨웁니다. 사랑은 우리가 살아가는 세상이 아무리 거칠다 해도 깨트려버릴 수 없습니다. 사랑은 뱀의 살인적인 독으로도 없앨 수 없는 것입니다.

가끔 우리들의 사랑은 다른 사람들에 의해 상처를 입고 흔들리곤 합니다. 그 상처는 뱀의 독과 같은 것입니다. 그러나 생텍쥐페리가 확신하듯이 사랑은 독보다 강합니다. 사랑은 웃음으로 사람들을 정화합니다. 어린 왕자의 웃음처럼 아주 맑고 밝게 우리의 심금을 울립니다. 이 세상의 온갖 수난과 위험을 극복하고 죽음을 넘어 사랑의 승리를 선포하는 부활의 웃음이 바로 그것입니다.